JN135749

天使はブルースを歌う

横浜アウトサイド・ストーリー

山崎洋子

AKISHOBO

天使はブルースを歌う

目次

きみの靴の　みぎひだり
両方とも　ひもが切れ
だのに　急がにゃならんなら
――それが　ブルース

キャンディ　一個　買いに出たら
どっかへ　ポッケの穴　くぐりぬけ
もってた　一〇円　失くしちゃって
――それも　ブルース、　とはひどい！

ラングストン・ヒューズ「ブルース」、木島始・訳

プロローグ　白い娼婦

一九九七年十月。横浜、中区にある関内ホールで、女優、五大路子さんによる一人芝居が上演された。

タイトルは『横浜ローザ』。顔を真っ白に塗った老女が、ベルが鳴り響く公衆電話の受話器を取るところから舞台は始まる。電話をかけてきたのは消防署。じつは彼女はにせの一一九番通報をしたのだが、消防署は何回もそれをやられているので信用しない。今度ももしやと疑い、確認の電話をしてきたのだ。

弱々しい作り声でそれに応じ、受話器を置いてから、老女の回想が始まる。若い戦争未亡人として、彼女は地方から横浜へ出てきた。もちろん食べるためだ。しかし誰もが自分の食いぶちを得るのに汲々としている時代のこと、職などありはしない。うろうろしているうちにヤクザな男に捕まって犯され、気がつくと、パンパンと呼ばれる占領軍相手の娼婦に身を堕としていた。

そんな女が横浜には数えきれないほどいるから、少しでも目立たなければ客を捕まえることはできない。彼女は髪を金髪に染め、皇族が園遊会に着るようなドレスを身にまとう。大きなパラソル、羽根扇まで手にして街角に立ち、ついたあだ名が「皇后陛下」。

彼女の上を、つかのまの恋が、何十年もの時が、足早に通り過ぎていく。ローザという名で呼ばれ、街娼のまま歳をとり、彼女はいつしか背中の曲がった老婆になっていた。家族も友達もなければ住む家もない。目を患い、ものがよく見えないせいで、化粧がどんどん濃くなる。お化け扱いされながら、歓楽街にある雑居ビルのエレベーター・ホールに、まるで座敷わらしのように住み着き、酔客のためにエレベーターのボタンを押してなにがしかのチップをもらう。そして孤独に耐えかねるとにせの一一九番通報をし、賑やかなサイレンを聞いてほっとする――。

こうした長い回想を終えた彼女は、その夜も、住居であり仕事場でもあるエレベーター・ホールのソファでやっと眠りにつく。長い長い眠りに……。

エンディングで下りた幕がもう一度上がると、舞台の上には背中を丸めたローザが立っている。キャスター付きのボストンバッグを引っ張りながら、彼女は客席へ降りてくる。そしてゆっくりと、背中を丸めた姿勢のまま通路を無言で歩き、ロビーへと通じる扉の向こうへ消えていく。

『横浜ローザ』は初演が東京の三越劇場だった。その時にはなかったこのシーンを、作・演出の杉山義法さんは、横浜公演にあたって付け加えた。満員の客席から湧きおこる拍手の嵐――。

その拍手はもちろん、五大路子さんの熱演に対する称讃なのだが、横浜ならではの、ある理由も加わっていた。客のほとんどは、ローザが、「メリーさん」と呼ばれる実在の人物であることを知っている。目の前の「ローザ」そっくりの化粧と服装で、メリーさんがこの横浜にいたことを知っているのだ。

じつはわたしも、感に堪えなかった観客の一人である。この前年、初めてメリーさんのことを知り、暮れにご本人を見た。後にも先にもこれっきりだったが、とにかく、ある面における戦後横浜のシンボルとも言うべきメリーさんを、かろうじて目撃したのである。

案内してくださったのは、横浜を撮るカメラマンとして知られる森日出夫さんだった。彼は長年、メリーさんを撮り続け、『PASS』という写真集を出している。PASSには、通る、通り過ぎる、消える、などのほかに、超越する、という意味もある。確かにメリーさんは、外見といい、生き方といい、一般の概念を超越していたようだ。

横浜の歓楽街としてつとに有名な福富町に、GMビルという雑居ビルがある。その一階。吹きさらしになったエレベーター前に彼女はいた。あまり座り心地の良さそうには見えない椅子を二つ、向かい合わせに並べ、一つに腰掛け、もう一つに足を載せて、彼女は眠っていた。

それまでわたしは彼女のことを、噂に聞いたことがあるだけだった。上から下まで真っ白だからホワイトさんとも呼ばれているということだったが、見事にそのとおり。オールバックにしてぴっちりと撫でつけた白髪、白い上着、その襟元から覗いている白いブラウス、くるぶしまである白いふわりとしたスカート、スカートの裾には白いレース、白いタイツ、白いパンプス、足下にはふくらんだ白い紙袋、そしてなによりも、真っ白に塗った顔。

ネオンのきらめき、酔っ払いの放歌、女の嬌声《きょうせい》、肌を刺す十二月の夜風などが、メリーさんの周りに渦巻く。が、彼女は微動だにしない。小さな細い体を二つの椅子に載せ、上半身を深く折り曲げて目を閉じている。純白の静寂、とでも呼びたい空気が、そこだけに流れていた。

戦後の横浜にひしめいていた占領軍相手のパンパン。舞台『横浜ローザ』に描かれたように、メリーさんもその一人だった。彼女たちは時代の移り変わりとともに姿を消していった。家庭に入った人、別の仕事に移った人、死んでしまった人など、行く先はさまざまだっただろうが、メリーさんだけは残った。身にまとう白の度合いを、年々濃くしながら。

特異な存在感を持ったこの人に、単なる街娼という以上のものを感じた人は少なくない。週刊誌に「横浜名物・白装束ゆうれいおばさん」という見出しで載ったこともあるし、途中で潰れたものの、彼女のドキュメンタリー映画が製作されたこともあった。また、一九八〇年代に創られた歌――根本美鶴代の「夜明けのマリア」、石黒ケイの「港のマリア」、デイヴ平尾の「マリアンヌ」、榊原まさとしの「横浜マリー」、淡谷のり子の「昨夜《ゆうべ》の男」などは、みな、メリーさんをイメージしているという説もある。

そして今度は、ご当人そっくりそのままの外見で芝居にまでなった。ちなみに五大路子さんは、この舞台で横浜文化賞奨励賞を受けている。
だが、それほど有名なハマのメリーさんを、わたしは長いこと知らなかった。わたしの夫で脚本家だった山崎巌は、横浜生まれの横浜育ちである。メリーさんの名前を初めて聞いたその年、彼に「メリーさんって知ってる?」と尋ねてみた。夫は、なにをいまさらという顔で、もちろん知ってるよ、と答えた。夫には戦前戦後の横浜の話をずいぶん聞かせてもらったが、その中にメリーさんは出てきていない。浜っ子にとって彼女は、山下公園やマリンタワーと同様、わざわざ語るまでもないあたりまえの「風景」になっていたのだろう。ともあれ、忘れるにはあまりに強烈すぎて、わたしはその後、ことあるごとにメリーさんのことを聞いて回ることになった。

*

メリーさんを知っているという人は多いが、尋ねてみるとみな、彼女の表向き、しかもほんとに小さな一断片を知っているにすぎない。どこで生まれ、どんな育ち方をしたのか、なぜ横浜へ来たのか、なぜ街娼になったのか、どこに住んでいるのか、なにを考えて生きているのか、正確なことを知っている人には一人も会うことができなかった。何十年もの間、街娼という危険な職業を続けながら、彼女はどんな組織にも属したことがなく、誰の庇護も受けず、いつも独立独歩だった。徹底してプライベートな面を見せない人だったようだ。

個性的というより異様な外見だったから、目立つがゆえのリスクも大きかったはずだ。いじめや迫害もあっただろうし、警察にも目をつけられただろう。しかしなにがあろうと、彼女はその生き方を変えなかった。逆に、マスコミに取材されたり歌や芝居のモデルになったりしても、ありがたがりもしなければ、かたくなに避けたりもしなかった。

無関心――。

見事なほど、その姿勢を貫き通したのである。

頭がおかしかったのだ、と言う人もいる。だがそうも思えない。ただで誰かになにかをしてもらうことを、彼女はこころよしとしなかった。少しでも世話になるようなことがあると、デパートでそれなりの品を買ってお返しをしたり、達筆な字で礼状を送ったりした。

こうなると、孤立とか孤独とかいう以上に孤高である。人間なかなか、ここまで他人の情をあてにせず生きられるものではない。わたしなど、自分が孤独に弱く世間体や一般の価値観といったものを無視することができない人間であるがゆえに、そこを超越しているかのようなメリーさんには驚嘆せざるをえない。

メリーさんは自分のことをほとんど語らない人だった。語っている場合でも、真実味が薄い。かわりに伝説がどんどん生まれていった。

有名なのは次の三つである。

⑴街娼を続けているがじつは大金持ちで、鎌倉のあたりに豪邸を持っている。そこから横浜へ毎日「出勤」してくる。

⑵いまのは外見をそっくりに真似た二代目メリーさんで、もとのメリーさんはもう死んでいる（ほんとうは男だというのもある）。

⑶彼女には子供がいて、一時、一緒に住んでいた。働き続けるのはその子のため。

⑴と⑵は別として、⑶は充分ありうる。敗戦後、横浜は占領軍の重要基地となった。占領軍兵士たちに対して、日本政府は「まともな女性たち」を守るために慰安所まで作った。また、食べていくために仕方なく身を売った女性も多かった。お金を持った戦勝国の兵士たちはそのターゲットとなった。そうした場で、上手に避妊が行われていたとは考えにくい。避妊具が簡単に手に入る現代でさえ、風俗産業で働く女性たちは、客に思わぬ妊娠をさせられて中絶するケースが多い。当時ならなおさらだろう。

メリーさんはことに街娼である。多少なりとも守ってくれそうな組織にも、あえて属さなかった。理不尽な目にあったことも一度や二度ではなかったはずだし、それが妊娠という出来事であっても不思議はないだろう。

相手が占領軍だったとすれば、生まれたのは混血児ということになる。どこかに、メリーさんの生んだ混血の子供がいる、というのは、あながち夢想とも言えない。

しかしどれほど伝説に彩られようと、メリーさんは一般社会にとって、ずっと「エイリアン」

メリーさん（撮影・森日出夫、1993 年）

だった。時代が生んだ鬼っ子である。いまでこそメルヘンのように扱われているが、彼女はこの街で、この日本という国で、自分がエイリアンであることを知っていたからこそ、異形の「メリーさん」になり、自ら孤立した生き方を選んだのではないだろうか。

では、「メリーさんの子供たち」はどうだったのだろう。

終戦直後の横浜に生まれた混血児たちを、この本の中では誤解を覚悟で、わたしはこう呼ぶ。当時、この街にはおびただしい数の混血児が誕生したが、その母親の大半は、占領軍兵士に身を売っていた女性だった。そして当時、いや、戦後のかなりの期間、母親が娼婦でなくても混血児は差別されてきた。国際都市横浜においてさえ、である。メリーさんがそうであったのと同様、この日本ではすべての混血児もまた、長いこと、「異形の人」「鬼っ子」「エイリアン」として位置づけられていたのである。

それにしても、わたしは横浜にもう二十年来住んでいる。小説家としてのデビュー作は昭和七年の横浜を舞台にしたものだったし、その後も横浜を題材にして何冊かの小説を書いた。にもかかわらず、有名なハマのメリーさんを知らなかった。いや、メリーさんのことに限らず、自分があまりにも横浜について知らないということを、ここ数年で思い知った。なぜかというと、ここ数年で急速に、わたしが横浜に馴染んだからである。イメージとしての横浜は全国的に知られているし、それゆえわたし自身も知っているような錯覚に陥っていたが、じつはこの街の奥はもっと深い。知られざる部分があまりに多い。そのことに気づくきっかけがメリーさんだったのである。

わたしが目撃したメリーさんは、日本語、中国語、韓国語、タガログ語などが飛び交う極彩色の街で、顔を膝に埋めたまま、ブルースを唄っていた。声を発していたわけではない。彼女の存在そのものを、ブルースだとわたしが感じたのだ。

じつはブルースのなんたるかも、その時、わたしは知らなかった。ただ、メリーさんを見た瞬間、ブルースという言葉が反射的に浮かんだだけだ。しかしその言葉は思いがけず、わたしがある事に関わり、隠された横浜の一面を知ることになる過程への重要なキーワードになった。

1 「ストーミー・マンデー」のエディ藩

はまりこむ、とはこういうことだろうか。メリーさんに興味を持ったことがきっかけとなり、翌年の年明けからいきなり、横浜に知人友人がたくさんできた。メリーさんのことを気にかけ、さりげなく面倒をみてあげていた人——ということで、森日出夫さんからシャンソン歌手の永登元次郎さんを紹介されたのが、まず始まりだった。

元次郎さんは京浜急行日ノ出駅のそばで「シャノアール」というシャンソンのライブ・ハウスを営んでいる。複雑な家庭に育ち、中学を卒業してから単身、歌手になるため広島から上京した。現在はCDを何枚も出しているシャンソン歌手であり、瀟洒《しょうしゃ》なライブハウスの経営者でもあるが、そうなる過程でさまざまな辛酸をなめた人でもある。夜の世界、裏の世界も知りつくしている。

一九九一年、元次郎さんが横浜の関内ホールでリサイタルを開いた時のこと。楽屋入りしようとして、リサイタルのポスターを熱心に眺めている老女に気づいた。なんとメリーさんである。興味がおありならぜひどうぞと、彼はメリーさんにチケットを渡した。メリーさんは髪をきれいにセットしてやってきた。そしてリサイタルのラストに、花束を渡す人たちの列に並んで、持参したプレゼントを元次郎さんに手渡したのである。

肉親の縁に恵まれなかった元次郎さんにとって、メリーさんはその日から「心の母」になった。彼女が生活保護を受けられるよう、役所に何度か掛けあいに行った。結局、住民票の問題などでその許可は下りていない。しかし彼が、メリーさんのことを「横浜のメルヘン」などではなく、血もあれば肉もある人間として見ていた数少ない一人であることは、まぎれもない事実である。『横浜ローザ』の上演にあたって、メリーさんについての情報を数多く提供し、五大路子さんの歌唱指導をしたのも元次郎さんだった。

その元次郎さんから、彼が関係している野毛大道芝居の仲間たちを紹介されたことで、わたしにはいきなりたくさん横浜の友人ができた。

野毛は横浜を代表する下町だ。JR桜木町駅を挟んで、「みなとみらい」と反対側に位置している。戦後、ここにいちはやく闇市が立ち並んだことから、おのずと下町の雰囲気が形成されていった。飲み屋、料理屋、スナックなどに混じって、ポルノ・ショップ、パチンコ屋、ストリップ劇場、風俗店、場外馬券売場などもあるせいで、風紀のよくない場所とみなされていたこともある。

そこでこの町の商店主などが、町興しのために「野毛大道芸フェスティバル」というイベントを仕掛けた。毎年四月、国内外から集まってきた大道芸人たちが、大通りや路地に散って大道芸を披露する。彼らのギャラは客の投げ銭だけ。このユニークな試みが庶民の町、野毛にぴたりとはまり、いまでは他の市町村からも視察にくるほどの人気イベントとなった。大道芸人ではない芸能人、あるいは著名人が趣味や特技を披露するかたちで「大道芸人」として参加することもあるが、扱いはあくまで一緒。街角に立ち、芸を披露し、投銭をいただく。

その出し物のひとつに、野毛大道芝居がある。座長の高橋長英さんだけがプロの俳優で、あとはみな素人役者。野毛で働いている人、日頃、野毛で食べたり飲んだりしている人、さらにその友人などである。職業は、商店主、店員、公務員、サラリーマン、ＯＬ、タクシー運転手、作家、編集者、新聞記者、歌手、無職、中学生、小学生など多士多彩。年齢も十代から八十代までさまざまだ。わたしも永登元次郎さんの紹介で、この仲間に加えてもらった。そのおかげでまたたくまに横浜人脈ができあがったというわけだ。

第一回目から出演している「役者」の一人に、評論家の平岡正明さんがいる。この時が初対面だったが、革命論などをぶつ強面のイメージとはことなり、たいそう人に気をつかうやさしい方だった。大道芝居のなごやかな雰囲気の中ですぐにうち解け、互いの著書などを交換したりということもあったのだが、ある日、芝居の稽古のあいまに、平岡さんが言った。

「あなたの小説、読んだよ」

「ありがとうございます」

と、わたしは礼を言い、次の言葉を待った。自著の感想を聞くのは、楽しみでもあり怖くもある。

「ブルースが足りないね」

さらりと彼は言った。

ブルース。

メリーさんを見た前年の暮れ以来、しまい忘れた風鈴のように、頭のどこかで時々揺れていた言葉だ。

小説の舞台にたびたび横浜を使っていながら、横浜のブルージーな部分を知らなかったのかもしれない……と懸念を抱いていたわたしにとって、その言葉は痛かった。ことに平岡さんは、作家歴三十年余り。まだ十年たらずだったわたしなど、比べ物にならないほどのベテランである。横浜に関しても、『横浜的』『野毛的』をはじめとして、多数の著書がある。

「ブルースって具体的に言うと?」

かなり傷つきながら、平静を装ってわたしは尋ねた。

「ブルースはエディ・バンだな」

平岡さんは、またあっさりと答える。

「エディ・バン?」

なんのことやら。

「だからさ、ハマのブルースはエディ・バンだよ。おれが横浜にのめりこむきっかけになったのも奴の歌だから、いっぺん聴いてごらん」

そう言って、平岡さんは行ってしまった。歌を聴いてみろと言うからには、歌手なのだろうか、と考えながら、わたしはあたりを見回した。大道芝居のメンバーは、ほとんどが横浜在住だ。音楽通も何人かいる。中でも一番詳しそうな人のところへ行き、

「エディ・バンって知ってる?」

と尋ねてみた。

もちろん知ってる、とその人は答えた。

エディ藩。中華街育ちの華僑でシンガー・ソングライター。元ゴールデン・カップスのリード・ギター。

そう聞かされたとたん、なんだか不思議な気分になった。メリーさんを知り、あの当時、横浜に数多く生まれたであろう混血児のことに思いをはせるにつけ、ゴールデン・カップスという名前もまた、脳裏を去来していたからである。

わたしが二十歳を迎えた一九六〇年の後半あたり、音楽界のグループ・サウンズ(以下、GSと略)という形態が登場した。ビートルズに代表されるヴォーカル・インストゥルメンタル・グループの日本版である。ほんの四、五年ではあるが、GSは社会現象になるほど日本の音楽業界を席捲した。ゴールデン・カップスは数あるGSの中でも、ベスト・テンに入る人気グルー

プだったはずだ。

メンバーの全員が横浜出身の混血児、というのが、彼らのうたい文句だった。あの頃、「あいのこ」などとも呼ばれ、差別の対象でさえあった混血児が、ハーフと呼び変えられ、突然、表舞台で脚光を浴びた。横浜という街も、日本で最先端のおしゃれな街だった。ゆえに横浜出身のハーフであることは、充分、売り出しのメリットになったのだ。

どのGSも、メンバーはわたしと同年代だったはずだから、ゴールデン・カップスも例外ではないだろう。つまり、戦後のベビーブーム世代だ。それにしても横浜の混血児というと、わたしは「メリーさんの子供たち」という言葉を思い浮かべずにはいられない。娼婦の子供という意味ではなく、時代の鬼っ子、エイリアンとされた子供たち、という意味においてである。

その後、エディ藩のことを、横浜を代表するブルース・シンガーだと断定する人に何人も会った。「横浜のブルース」にとらわれはじめたわたしとしては、無視することができない。エディ藩を知っていそうな人に会うたびに、どんな人なのかと尋ねてみた。

これがなかなかたいへんな人のようである。

中華街の老舗中華料理屋「鴻昌《こうしょう》」の一人息子だが、店は老いた母親にまかせ、レジからお金をつかみだして毎日ギャンブル通い。飲む、打つ、買うの筋金入りの不良中年で、生き方そのものがブルース……なのだという。ゴールデン・カップスの頃から名ギタリストの呼び声も高かったが、放蕩の限りを尽くしたいまでも音楽にはめっぽううるさく、音楽のわからない人間とは話をしない、インタビュー嫌い、女はとびっきりの美女でなければ口もきかない……などという話も耳に入ってきた。

そうするうちに、ある人が『Blue Jade』というCDを貸してくれた。エディ藩がソロになってからの歌を集めたものだ。なるほど、さすがに平岡正明さんを横浜にはまらせた歌手だけのことはある。音楽にはまったく詳しくなく、普段もそう聴くほうではないが、このCD一枚で、わたしはエディ藩の歌に惚れ込んでしまった。

『Blue Jade』に収録されている歌は、全部で十八曲。ジャズやロックのスタンダード・ナンバーである「Route 66」「Nights in White Satin」「On The Sunny Side of The Street」。ミッキー吉野作詞作曲による「Hide Away」。あとの十四曲をエディ藩が作曲している。うち、四曲を除いて、作詞もエディ藩。

彼のオリジナルでよく知られているのは「横浜ホンキートンク・ブルース」だろう。この歌の作詞は俳優の藤竜也だ。二人で酒を飲んでいる時、バーのカウンターの上で誕生した――というエピソードが伝えられている。どこで生まれようとかまわないのだが、いい詞である。

ひとり飲む酒悲しくて
映るグラスはブルースの色
たとえばブルースなんか聴きたい夜は

というフレーズで始まるこの詞には、ヘミングウェイ、フローズン・ダイキリ、オリジナル・ジョーズ（横浜・関内にあったイタリアン・レストラン。二〇一一年に閉店）、本牧、ニューグランドホテルと、固有名詞がいくつもちりばめられている。それが具体的なイメージをかきたてる効果を上げ、じつに〝横浜〟なのである。

もはや中年という歳にさしかかった男が独り、人気《ひとけ》のない深夜の横浜、たぶん新山下の貯木場あたりを、飲みさしのバーボンを抱えてふらふらと歩いている。酔った脳裏をかすめるのは、ＧＩで賑わった頃の本牧、去っていった女……。

そうした詞の情景を、繊細なギターと澄んだ高音で、エディ藩はしっとりと歌い上げている。何度聴いても陶酔の極地に引き込まれる名曲である。

この時点から二年ほど後に、わたしはラジオのパーソナリティをしばらくつとめたのだが、歌手の宇崎竜童さんをその番組のゲストに迎えたことがあった。大好きな歌をひとつ持ってきてください、とお願いしておいたのだが、その時、宇崎さんが選んだのが、この「横浜ホンキートンク・ブルース」だった。自分のアルバムにどうしてもこれを入れたいと思っている、ということだった。

ほかにもこの歌に惚れ込んだ俳優、歌手はいて、松田優作、原田芳雄、石黒ケイ、桃井かおりなど、とりわけ個性の強い人たちが、自分の持ち歌にしている。これぞ横浜市歌だ、という横浜人も多い。

『Blue Jade』に収められたエディ藩のオリジナルは、この「横浜ホンキートンク・ブルース」以外、あまり知られていない。しかしわたしは、どの一曲も〝ながら〟では聴けない。すべてわたしの中ではヒット曲。自分が育った中華街への愛憎を歌った「Back to China Town」、香港へ帰っていく華僑の恋人への未練をつづった「淑珍《スーザン》」そして「雨の馬車道」、「Waitin G Someone」「Blue Jade」「Heart And Soul」「Close Your Eyes」「Dancer」「Chaser」「Missy Blue」「Yokohama」、どれが流れ出しても、ほかのことは一切、頭から消えるほど聴き入ってしまう。

彼の創る歌と、その歌い方は、極めてオーソドックスである。感じとしては歌謡曲とポップスの中間くらいだろうか。わたしの年代には耳馴染みのいい音、そして体馴染みのいいリズムだ。歌い方は決して技巧的ではなく、むしろ素直と言えるだろう。細かく震えて消える語尾が、非常に官能的だがいやらしくはない。大人の哀歓が、薄い霧のようにたちこめている。

毎晩のようにこのCDを聴いているうちに、どうしてもエディ藩という人に会ってみたくなった。彼はわたしと同じ一九四七年（昭和二十二）の生まれだ。ゴールデン・カップス時代のあるインタビュー記事によると、生まれは台湾（後に、香港というのも見ることになる）だが、ものごころついた時にはもう中華街だったらしい。

メンバー全員がハーフというゴールデン・カップスのうたい文句どおり、彼も混血なのだろうか。横浜・中華街という特殊な世界で育ち、若くしてスターになったのに、なぜいまは悪名伝説に彩られているのだろう。五十年という彼の歳月は、どんなものだったのか——。

わたし自身もエディ藩同様、その年、五十歳を迎えようとしていた。前年、わたしは体を壊して入院し、この年は夫が癌に倒れている。家と、夫の入院している病院を往復しているような毎日で、心身ともに疲れ果てていた。日々、孤独にまとわりつかれていたがゆえに、自ら孤独を選んだメリーさんに惹かれ、エディ藩の歌うブルースに心をわしづかみにされてしまったのかもしれない。

その年、メリーさんが横浜から消えた。今年に入ってから姿が見えないという話は聞いていた。どうやら、わたしが彼女を見た数日後に、あの場所で倒れ、救急車で病院へ運ばれたらしい。死んだかもしれないというので新聞社が動いた、という噂もあった。

じつは以前から患っていた白内障がいよいよひどくなって、目がまったく見えなくなり、それを知った人たちの助力で、故郷の岡山へ帰っていたのである。

たった一度しか姿を見なかったせいもあって、わたしのメリーさんへの未練はつのった。彼女の体現していた「横浜のブルース」を、言葉で聞いておきたかった。それができなくなったいま、どうしてもエディ藩の歌をじかに聴いてみたいと思うようになった。

＊

それは一九九七年二月の、星が氷のかけらに見えるような寒い夜だった。某社主催の遅ればせな新年会が東京・赤坂であり、帰りにはタクシーが用意されていた。それに乗り込んだのが八時半――。

「横浜、緑区……」

自宅の場所を運転手に言いかけ、ふと、あまり期待もせずに尋ねてみた。

「……なんですけど、そうじゃなくて、中区の関内あたりまでだったら、どのくらいの時間で行けますか」

「関内ですか？　三十分くらいでしょう」

「ほんとに？」

だったら間に合うかもしれない。

「もし三十分で行けるのなら、ぜひ行っていただきたいんです。どうしても観たいライブ・ステージが九時から始まるので」

「まかしといてください」

若々しい声がそう応え、タクシーが勢いよく発進する。

五分ほど走った頃、好奇心を抑えきれないといった口調で運転手が尋ねた。

「その、どうしても観たいライブ・ステージってなんですか？　芝居？」

「いえ、歌なんですけどね、まあ、ロックというか……」

「ロック？　なんていう歌手ですか？　じつは、ぼくもロックやってんですよ、グループで」

ロックじゃないかと思ってた、と言わんばかりに運転手は声を弾ませる。

「エディ藩っていう人なんです」

わたしが答えると、彼は丸っこい後ろ首をかしげた。

「エディ藩……。うーん、知らないなあ」

「むかし、ゴールデン・カップスっていうグループ・サウンズがあったの覚えてません？　かなり人気があったんですけど」

「グループ・サウンズって、そういうのがあったというのは聞いてんですけどね、どんなのがあったかまでは……」

「運転手さん、おいくつ？」

「ぼくですか？　二十五です」

「二十五歳……！」

それでは無理もない。彼がものごころついた頃、GSはすでに影も形もなくなっていた。沢田研二や萩原健一などのスターがその数少ない生き残りであることすら、知らない人が多いかもしれない。

「そのエディなんとかって人、ヴォーカルだったんですか?」

「いえ、リードギターだったみたい。でもいまはオリジナルの作詞、作曲も歌ってて、いわゆるシンガー・ソングライターっていうのかしらね。『横浜ホンキートンク・ブルース』っていう歌なんか、本人のほかにもいろんな人が歌ってるんですよ。原田芳雄とか、亡くなった松田優作とか……」

「あ、ほんと? 松田優作が歌ってんですか? すごいじゃないですか」

稀有なキャラクターだった松田優作は、死後も人気があるようだ。

若いタクシー運転手はずっと、自分のロック活動について喋り続けた。アマチュア・バンドでベースギターを担当していること、ロックがやりたいから、わりあい時間が自由で収入のいいタクシー運転手という職を選んだこと、オリジナルもそのうちやりたいと思っていること……。そうしてほんとに赤坂から三十分きっかりで、わたしを関内に運んでくれた。

「ストーミー・マンデー」というライブ・ハウスのある場所は、おぼろげに聞いていたのだが、行ったことがないので、わたしもはっきりとはわからない。どうやって捜そうかな、と思案していると、運転手が言った。

「大丈夫、横浜にも音楽仲間は何人かいますからね、ロックのライブハウスならすぐにわかりますよ」

関内の駅前に停車し、彼は自分の携帯電話で友達に問い合わせてくれた。おかげですぐに場所がわかった。

「よかったら一緒に聴いていきませんか?」

ふと思いついて誘うと、彼は初めて振り向き、

「いいんですかあ?」

と、顔をほころばせた。丸い、人の良さそうな顔だった。

誘ったのはもちろん、お礼のつもりだったが、一人では不安だったからちょうどいい、という気持ちもあった。ライブハウスと名のつく場所で、わたしが行ったことがあるのはシャンソンのライブハウスだけだ。ライブハウスが嫌いなわけではないのだが、ライブハウスにまで足を運ぶというほど馴染んだことはない。どんな雰囲気のものなのかわからないだけに、ちょっと怖かったのだ。

「ストーミー・マンデー」は、関内の裏通りに並ぶ雑居ビルの二階にあった。赤と青のネオンが、暗い窓に張り付いて震えている。エディ藩がここで月二回、午後九時からライブを行っているということを、知人から聞いていた。そして今夜がその木曜日だ。

若いタクシー運転手と二人で、狭い階段を上がった。ドアを開けると、すぐそこにバンドが陣取っていた。奥が客席で、もうほとんど椅子が埋まっている。といってもそう広い店ではない。カウンターのほかにテーブルが四卓ほど。ステージと客席には段差がないから、膝がくっつきそうな距離で、スツールに腰掛けた客がバンドを見上げている。

なんとか椅子を二つ見つけ、わたしと運転手は腰掛けた。あまり座り心地のいい椅子ではない。換気が悪いらしく、すでに煙草の煙が充満している。腰痛持ちで喉の弱いわたしにとっては快適とはいいがたい環境だ。でもたぶん、これでこそロックのライブハウスなのだろう、と自分を納得させて、ステージに気持ちを集中させた。

演奏は始まったばかりだった。なんだったかタイトルは忘れたが、洋楽のロックで、聴いたことのある曲だ。エディ藩は写真を見ていたからすぐにわかった。バンドの中央でスツールに半分腰を掛け、エレキギターを弾いている中年男だ。

肥っていた。が、丸くふくらんでいるのではなく、歳月の泥がびっしりと詰まったような、重そうな、澱《よど》んだ肥りかただった。身長は百七十五、六センチといったところだろうか。広い肩の上に、これまた重そうな顔が載っている。目が少しつり上がり気味の、迫力のある顔だった。

ゴールデン・カップスのころのエディ藩を、わたしは写真でしか知らない。いまよりはるかに痩せているとはいえ、やはりがっちりとした体格で、吊り上がり気味の光の強い印象的な、めりはりが効きすぎるほど効いた顔立ちである。

それにしても、若いころのエディ藩が新品のナイフだとすれば、いまの彼は古びた斧だろうか。この印象は微妙である。チンピラの持つナイフより、腕のある樵《きこり》が持つ使い古しの斧のほうが、見ようによっては胸騒ぎを起こさせるものだ。

一曲終えて、エディ藩がメンバー紹介を始めた。リードギター、ブルースハープ、ドラム、キーボード……。

「そして今夜のスペシャル、スペシャルゲスト」

エディ藩は、歌声とは裏腹な、低いくぐもった声で続けた。

「ベースギター、ルイズルイス加部！」

キーボードの陰になってよく見えなかった男が、ゆっくりと顔を上げる。

一瞬、周りのすべてが消えてしまったように思えた。柔らかそうな亜麻色の髪、細く長い手足、唇をかこみ、胸のあたりまで垂れた、髪と同色の髭、こそげたような頬、そしてなにより、まともに向かい合うのが怖いほどの、澄み切った大きな目。その瞳が見る角度によって、透明感を持った飴色からオリーブ・グリーン、さらに灰色がかったブルーへと色を変える。

この人が伝説の美少年、そしてゴールデン・カップスの天才ベーシストと呼ばれたルイズルイス加部……。

わたしは思わず身を乗り出した。が、その人はすぐ、腕に抱いたベースギターのほうへと顔を伏せてしまったし、わたしの位置からだと、エディ藩の巨体やキーボードが邪魔になってよく見えない。なにかの箱の上に腰掛け、長い足を組み、煙草をくわえながら黙々と弾き続ける姿が、エディ藩の動きにつれて見え隠れするだけだった。

この夜、ルイズルイス加部をここで見ることができたのは幸運だった。その後、「ストーミー・マンデー」へは何度となく足を運んだが、彼がいたことは一度もない。

エディ藩はオリジナルを二曲と洋楽のスタンダード・ナンバーを一曲、歌った。真っ黒で量の多い髪から汗が垂れている。額にも太い首にも、病的なほどの汗がぬめっていた。歌も義務的にとりあえず歌っているという感じがいなめない。CDを聴いた時の感動は得られなかった。

「じつは明け方まで飲んでまして……。まだ体がくたくたなんですよねえ。あとはまかせます」

そう言って、彼は友人らしいミュージシャンに歌をバトンタッチしてしまった。ライブは生ものだし、ライブハウスというのはコンサートとも違って、常連が、音楽を聴くだけではなくくつろぎに来るところなのだろうから、まあこういう感じでもいいのかもしれない……と、ロックのライブハウス初心者のわたしは自分に言い聞かせたものの、この夜のエディ藩に少々失望したのも事実である。

一部が終わって二部に入る前に休憩時間があった。もはや十時半だ。初めてだし、疲れてもいたので今夜はもう帰ろうと決め、付き合ってくれたタクシー運転手を促して席を立った。彼もまだ仕事がある。「いや……なんか凄いですね」というのが、彼の感想だった。

バンドのメンバーはカウンターで喉をうるおしたり、店の外の階段に出て立ち話をしたりしている。エディ藩はルイズルイス加部と一緒にカウンターにいた。二人でなにか話している。声をかけてみようかとだいぶ迷ったが、ただでさえ人見知りするわたしに、そんな勇気があるはずもない。目を合わせることすらできないまま店を出てしまった。

エディ藩（撮影・森直実、1998 年）

エディ藩にはどこか、人を拒否しているような厚い殻を感じる。体型や顔、表情にもフレンドリーな雰囲気がみじんもなく、むしろ得体の知れないどんよりとした膜が、彼の全身を覆っているような気配すらある。その印象は、彼との付き合いがもはや二年以上にも及ぶいま現在でも変わらない。

その夜、火の気のない自宅の居間で毛布にくるまり、寝酒のブランデーを飲みながら、ルイズルイス加部の姿を反芻した。中年になったとはいえ、いや、中年になったからこそ、彼はキリストのようにメランコリックな美しさを漂わせていた。あれほど印象的な瞳に、これまで出会ったことがない。

しかしどういうわけかすぐに、ルイズルイス加部の姿をおしのけるようにして、エディ藩の巨体がのっそりと登場してくる。やっぱり、あの人と話してみたい。そうすれば、メリーさんが存在そのもので唄っていたブルースを、わたしも聴くことができるかもしれない。疲労と酔いにしびれた頭で、そんなことを考えていた。

＊

タクシー運転手を誘って「ストーミー・マンデー」へ行ってから二週間後、わたしは再びそのドアを開けた。またもや連れがある。

ひとりで来て自己紹介する自信は、やはりなかった。エディ藩はわたしの名前など知らないだろうし、わたしはロックにも音楽業界にも詳しくない。彼が好むという「とびっきりの美女」でもない。だから、「横浜を代表するブルース・シンガーと呼ばれるあなたと、ゴールデン・カップスというGSに興味を持ちまして……」だけでは、最初からそっぽを向かれるだろう。誰か有力な仲介役が必要だ。

その夜、付きあってくれたのは、わたしにエディ藩という名を教えてくれた平岡正明さんである。平岡さんとエディ藩は旧知の仲だった。

平岡さんを見るなり、「おお、お久しぶりです」と言いながらエディ藩は寄ってきた。二人はわたしを無視して、しばらく嚙み合わない会話をしていた。平岡さんもエディ藩も、他人の話にじっくり耳を傾けるタイプではない。良くも悪くも、頭の中にあるのは自分の世界だけ、という感じの人だ。平岡さんは饒舌、エディ藩はぽつり、ぽつり。

しかし会話が嚙み合ってないなどというのは、わたしの余計な感想で、彼ら二人にとっては、これが通常の会話であったらしい。

いきなり、平岡さんが言った。

「あ、そうだ、この人ね、山崎洋子っていって、おれのダチ公。小説家なんだけどね、あんたに興味持ったんだってさ。ゴールデン・カップスの頃からのことを聞きたいらしいんだけど、付きあってやってよ」

緊張しきっていたわたしは、その時なにを言ったのかよく覚えていない。ただもう、目の前にいる肥った泥のような男の存在感に圧倒されていただけ。

「まあ、平岡さんの紹介なら断れないでしょう」

わたしと目を合わせないまま、エディ藩はもそもそと言った。

その夜のライブは、前回と比べ物にならないほど素晴らしかった。濁りのない高音が冴えわたる。ゴールデン・カップスのアルバムＶＯＬ・２に収録されている「マネー」はまだ二十歳前後だったエディ藩がヴォーカルをとっているが、このころと比べると、当然ながらその高音に歳月がミキシングされている。金属的な響きを取り払った、耳に快い声音だ。

「これまでの人生でね、いまが一番、声の調子がいいんですよ」

と、彼は平岡さんに言った。わたしはほとんど喋らなかった。なにを話したらいいのかわからなかったし、落ち着いて話ができる雰囲気でもなかった。

翌日、彼の歌のファンとしての思い入れ、そして話を聞かせていただきたいということをあらためて手紙に書き、投函した。

わたしが次に「ストーミー・マンデー」へ行ったのは三月の末である。その一ヵ月の間に、患っていた夫が死んだ。哀しみとかむなしさより、長い間の、まるで出口の見えない束縛から、ようやく解放されたという気持ちのほうが強かった。

じつはその間、もうひとつの「死」があったことを、三度目の「ストーミー・マンデー」で知ることになる。

＊

三度目にして初めて、わたしはエディ藩と二人っきりで向かい合っていた。二人っきりといっても、例によって騒がしい「ストーミー・マンデー」の一隅である。

「手紙、読んでもらえました？」

そう尋ねると、彼は相変わらず目をそらせたまま、

「ええ、読みましたよ」

と呟くように答えた。それからしばらくむっつりと黙り込んでいたが、突然、言った。

「あの本のモデルになった人、死んだの？」

どうやら、わたしが手紙と一緒に送った『熱月《テルミドール》』という本のことを言っているらしい。大正、そして戦前の昭和を、ヨーロッパを舞台に嵐のごとく駈け抜けた実在の女性——宮田文子をモデルに書いた、わたしの小説だ。

「ええ、もうとっくに」

そう答えると、エディ藩はあらぬ方へ目を向けたままぽつりと言った。

「ケネス伊東が死んだんだよね、ついこないだ」

ゴールデン・カップスは結成から解散までの二年余りで何度かメンバー交替しているが、ケネス伊東は創設メンバーでサイドギターを担当していた。その彼が、五十一歳の若さで亡くなったという。

ゴールデン・カップスの頃、ケネス伊東は「ブッチ」という愛称で呼ばれていた。その愛称から想像されるように、彼は若い頃から肥っていた。ハワイ生まれの日系二世。国籍がアメリカなので、ビザの書き換え、入隊などで何度か日本を離れ、結局、一九七〇年にハワイへ戻っている。

ハワイでは音楽を離れ、ゴルフショップの経営などをしていたらしいが、肥満がもとで心臓を病み、ついに亡くなったらしい。

「ケネスが死んで、すごく久しぶりにカップスのメンバーが集まったんだよね、何日か前に……。ちょうどそれと時を同じくして、山崎さんがカップスのことを知りたいって現れたでしょ。なんか運命的なものを感じちゃって……。おれ、霊的な感覚が強いほうだから」

だからいろいろ話してもいい……と言ってくれるのかと思いきや、彼は実に不機嫌な表情で言ってのけた。

「山崎さんになにか書かれると、その人は死んじゃうんじゃないの？」

冗談ではない。宮田文子は明治の半ばに生まれた女性だから、もう死んでいてなんの不思議もないではないか。ケネス伊東の死にも、もちろんわたしが関係あるはずがない。しかしエディ藩の大まともな顔を見ていると、これで夫が死んだばかりなどということがわかったら、なにを言われることか……と、わたしはあわてた。

なんという突拍子もない発想をする人だろう。度肝を抜かれてしまった上に、わたしは、相手が誰でもスムーズに喋れるというタイプではない。エディ藩のほうはそれに輪をかけている。会話にならない。歌だけ聴いて、たいした話もしないまま、その夜も終わってしまった。

正直に言って、彼になにを聞きたいのか自分でもわからない。それになんといってもゴールデン・カップスは、わたしの青春時代の大スターである。五十年間、なにひとつ接点はなかった。共通点は、同じ年に生まれ、同じ時代を生きてきたということだけ。

その時代とは、どんな時代だったのだろう。メリーさんとエディ藩のブルースを聴くことによって、わたしはそれを知ろうとしているのだろうか。

煙草の煙の中で歌に耳を傾けながら、わたしはそんなことを考え続けていた。そうこうするうちにこの出会いは、思いがけない方向へと展開していったのである。

*

三月の末、夫の葬儀に代えて「送る会」を、永登元次郎さんのシャンソン・ライブハウス「シャノアール」でとりおこなった。それからすぐに仕事で十日間ばかりポルトガルへ出かけ、戻ってきた翌日に野毛の大道芝居に出演。五月のゴールデン・ウィークには夫の遺骨を海へ散骨することも決まり、ぱたぱたと日を送っていた四月の末近いある日、呂行雄さんから電話があった。

「エディから頼まれたんですよ。山崎さんに作詞してもらいたいから、そう言っといてほしいって」

呂さんは中華街にある「萬来軒」という店の経営者だ。作家になったばかりの頃、エッセイストの故青木雨彦さんから紹介していただき、以来、なにかとお世話になっている。呂さんはまた中華街のリーダー的な立場でもある方で、エディ藩のことも彼が子どもだった頃から知っている。

「作詞って、エディさんが唄う歌の詞を書くんですか?」

わたしは問い返した。

「そう。自分で作曲するからって、そう言ってましたよ」

まさか──。エディ藩はいつだって無愛想で、わたしが「ストーミー・マンデー」に来ること自体、迷惑がっているようにしか見えない。ちゃんとお金を払ってライブに通っているんだから、たまに笑顔くらい見せてくれてもいいじゃない……と愚痴をこぼしたくなるほど、彼はつれなかった。作詞など依頼してくるはずがない。

たぶん、呂さんの聞き間違いだろうと思いながら、次のライブを待って「ストーミー・マンデー」へ行った。この夜は呂さんの電話がなくても行くつもりだった。生で聴くエディ藩の歌声は聴くたびに魅力を増すようで、都合がつく限り「ストーミー・マンデー」には通っていたからだ。

最初のステージが終わったあと、カウンターで水割りを飲んでいるエディ藩に、わたしはおそるおそる近づいた。

「こんばんは」

と、声を掛けると、「ああ、どうも」と、これまでと同じ仏頂面が返ってきた。やっぱりあれは呂さんの間違いだったんだ、とわたしが確信しかけた瞬間、エディ藩が、いつもどおりの、外見に似合わぬ細い声で言ったのだ。

「山崎さん、詞、書いてほしいんですよ。おれが曲つけるから」

「はい」

あれれ、と驚きながらも、わたしは反射的にそう返事していた。なにしろこの人の歌とキャラクターには、片思い的に心惹かれている。どんなきっかけでもいいから、もっと近づくチャンスが欲しい。

「お墓、建てるんですよ。外人墓地にねえ、赤ちゃんが埋まってるからって。そのための歌なんですよ」

なんのことだかわからない。どこの赤ちゃんのお墓なのだろう。なぜそのために歌を創るのか。

もっと詳しく聞きたかったのだが、

「おれもよくわかんないんだけどね、あとでおれの友達が来るから、夜食でもとりながら話しましょう」

というわけでステージが終わってから、二人の男性を紹介された。ひとりは山手にあるYCAC（ヨコハマ・カントリー・アンド・アスレチック・クラブ）の総支配人、依田成史さん、もうひとりは元町にある懐石風フレンチ・レストラン「霧笛楼」のオーナー、鈴木信晴さんである。二人は山手ライオンズクラブの会長と副会長だった。彼らがエディ藩に歌を依頼し、エディ藩が詞をわたしに依頼した、という事情のようだ。

深夜零時にエディ藩のライブが終わると、みんなで中華街にある寿司屋へ行った。中華街の店はどこも仕舞が早いが、この店は午前二時ごろまでやっている。そのカウンターで、依田さん、鈴木さんから話を聞いた。

「山崎さんは根岸の外国人墓地を知ってますか?」

「聞いたことはあります。関東大震災の犠牲になった外国人の方が、多く埋葬されてるとか」

「混血の赤ちゃんの話は?」

「いいえ。なんですか、それは」

「あの墓地にね、九百体近い混血の赤ちゃんが埋葬されてるらしいんです。名前も素性もわからないまま……」

「どうしてそんなことが……」

「ほとんどが、遺棄されてた赤ちゃんらしいんです。だから素性もわからなかったんですね」

「遺棄って、つまり捨てられてたということですか？　死んだ状態で？」

そうです、とお二人は頷く。

嬰児《えいじ》は最初から根岸外国人墓地に捨てられていたのではなかった。横浜の観光地として有名な、山手外国人墓地のほうに、遺棄というより、そっと置かれていたのだという。それがどう見ても混血の嬰児だった。生まれてきては困る子だったのかもしれない。人に知られたくないから、死んでもしかるべき墓地に持っていくことができない、父親が外国人なんだからと、外国人墓地にこっそり置いてくるしかなかったのだろう。

嬰児の遺棄死体はひとつやふたつではなかった。あそこへ持っていけばなんとかしてくれるという話が広まったのかどうか、日を追って増えるばかり。

山手外国人墓地は、横浜開港に功績のあった外国人、いわばエリート階級ばかり埋葬されている。墓地の管理人としては、そういうところへ嬰児の遺棄死体をどんどん埋めるわけにいかない。そこで、荒れ地同然だった根岸の外国人墓地のほうへ埋葬した。その数は、八百体とも九百体とも言われている——。

このショッキングな話は終戦後数年間の出来事であったらしい。占領下にあった横浜には占領軍兵士が溢れている。兵士たちの行くところ、彼らに身を売る女たちがいる。彼らと恋をする女もいる。近づくつもりさえなかったのにレイプされた女もいる。死体で遺棄されていたのは、そういう事情のもとに生まれてきた嬰児だったのだろうか。

鈴木信晴さんが話を続ける。

「でも、生まれてきた子供たちにはなんの罪もないわけでしょ? いまみたいに墓標もないままじゃあ、あんまり可哀想じゃないですか。それで、山手ライオンズクラブの三十周年記念行事として、根岸外国人墓地にその嬰児たちの慰霊碑を建てようということになったんです。費用はあちこちからの寄付でまかなうことになるんですけど、どうせなら、戦争にからんでこんなこともあったんだということを、一般の人にも知ってもらいたいと思うんです。だったら、これをテーマにしたCDを製作して、その売り上げを慰霊碑の建設費用にあてたら、という話になったんですよ」

鈴木さんはわたしやエディ藩と同年代であり、家業を継ぐ前は音楽ディレクターをしていたこともある。しかもエディ藩とは幼なじみだ。だから彼に頼もうということになったらしい。

カウンターにそれぞれ身を乗りだしてそんな話をしながら、わたしは心の中で「メリーさんの子供たち」という言葉を思い浮かべていた。

戦後まもない横浜に、おびただしく生まれたはずの「メリーさんの子供たち」。彼らの多くが、こんなところにいた。遺棄された死体となって――。

メリーさんが横浜エイリアンなら、華僑であるエディ藩もエイリアンだ。そしてメリーさんが横浜のブルースなら、エディ藩は横浜を代表するブルース歌手。「メリーさんの子供たち」を歌うのに、これほどふさわしい人選があろうか。

不思議な連結に、わたしは内心で驚いていた。そしてさっそく、根岸外国人墓地について調べてみた。

＊

横浜には外国人墓地が現在、四ヶ所ある。外人墓地といえば誰もが中区山手町九六番地の山手外人墓地を想起する。他に中国人の「地蔵王廟」（中区太平町）、英連邦戦没者墓地（保土ヶ谷区狩場町一二三八番地）と「根岸外国人墓地」（中区仲尾台七番地）である。

なかでも、根岸外国人墓地は太平洋戦争後、連合軍に接収されたり、書類等の没収にともない過去が抹殺されたためとはいえ、あまりにも知られていない存在である。山手外人墓地と同じ区内でありながらかつて荒れるにまかせたその姿はいかにも淋しさをかくしきれない状態であった。

田村泰治さんの著書『郷土横浜を拓く』の第六章「もう一つの横浜外国人墓地——横浜市営

根岸外国人墓地に関する考察」は、こんな書きだしで始まる。ここに記されているとおり、根岸外国人墓地は横浜市民ですら知らない人が多い。わたしも名前を聞いたことがある程度で、行ったこともなければ、その墓地に埋葬されているのがどんな人々なのかもほとんど知らなかった。

山下公園、港の見える丘公園という観光名所の一画にある山手外国人墓地は別として、地蔵王廟、英連邦戦没者墓地なども、そこに関係のない人はあまり訪れない。とりわけ根岸外国人墓地が知られていないのは、田村さんも書かれているように、そこがあまりにも閑散としているからだろう。

根岸線山手駅のすぐ近くに仲尾台という小高い丘陵があり、市立仲尾台中学校が建っている。そして墓地は、中学校の下の崖に沿ったかたちで横に長く広がっている。田村泰治さんは仲尾台中学校の教諭を長く務め、眼下の墓地を毎日のように眺めてきた。そこがあまりに荒れ果て、訪れる人もほとんどないのに心を痛め、仲尾台中学校の歴史研究部員、生徒会ＪＲＣ（青少年赤十字）と一緒に墓地清掃の奉仕活動を行い、同時に墓地の歴史を調査研究し始めた。繁茂する草をかき分け、夏は蚊やブヨなどに悩まされながらの地道な研究だった。

しかしその活動のおかげで市も墓地の整備に重い腰を上げたのだから、成果は調査研究という枠にとどまらず、大きなものになったと言えるだろう。

わたしが知る限り、この墓地のことは横浜関係の他の本にもあまり出ていない。中区制五十周年記念として一九八五年に刊行された『横浜中区史』にも、ほんの数行しか記載がない。ちらりと登場する程度だ。田村さんの著書が、いまのところ最も詳しいのではないかと思う。

根岸外国人墓地の開設は一九〇二（明治三十五）年ということになっているが、田村さんの調査によると、ほんとうは一八八〇（明治十三）年だったらしい。ここが開設された理由は、まず第一に山手の外国人墓地が手狭になったこと、第二に、山手外国人墓地周辺は人家も多く、たとえば伝染病などで埋葬された場合、伝播の恐れがあったこと、があげられる。そこで神奈川県は当時、根岸村中尾と呼ばれたこの地をあらたな外国人墓地の候補として選んで国に許可を申請した。このあたりはその頃まだほとんど畑や空き地であり、現在、山手駅前にある立野小学校は、鉄砲場と呼ばれた外国軍の射撃練習場だったらしい。

実際に墓地として使用され始めたのが一九〇二年。墓地として造成されたものの、なぜか二十二年もの間、放置されている。その理由は田村さんたちの調査でもはっきりしなかったようだが、道路が整備されていないとか射撃場が近くて危険といった理由で、実際に墓地を使用する外国人の了解が得られなかったということもあったようだ。

それにしても同じ外国人墓地だというのに、なぜ山手と根岸とではこれほど処遇が違ってしまったのだろう。ひとつには山手外国人墓地が、山下公園、港の見える丘公園等を擁《よう》する横浜観光エリアの一画にあり、早くから観光スポットになっていたということがあるだろう。

さらに、山手のほうは開港当時に功績のあった、いわゆる上層階級の外国人が多く埋葬されている墓地だ。しっかりした管理委員会もある。それに比べて根岸のほうは、庶民の外国人墓地と呼ばれるだけあって、埋葬者のほとんどがいわゆる一般市民である。名前のわからない人もいる。だから行政的にも軽んじられてきたのかもしれない。

その上、占領軍の接収下にあったという問題もあるのだが、そのことでは後に意外な事実が判明した。これに関しては後述することにして、田村さんの『郷土横浜を拓く』に戻ろう。

この本には具体的な墓の数が記されている。まず、基地開設から関東大震災までに六十二基。関東大震災時に十四基。現在この墓地にある墓標、そしてこれまでの調査で、あったことがほぼ確認されている墓標の数は二百四十六基ということだから、その後のものが百七十基ということになるだろうか。震災犠牲者に関しては、「大震災外国人犠牲者慰霊碑」が建てられている。

さらにもうひとつ、ここにはドイツ語の刻まれた慰霊碑がある。一九四二(昭和十七)年十一月三十日、横浜港の新港埠頭八号岸壁に係留中のドイツ輸送船ウッケルマルク号が大爆発を起こして炎上した。この火炎はウッケルマルク号だけで収まらず、近くに係留中のドイツ仮装巡洋艦トール号、日本海軍の徴用船第三雲海丸、ドイツの汽船ロイテン号にまで引火。いずれの船も火薬や揮発性の油を積載していたので大惨事となった。この時、犠牲になったドイツ人乗組員六十一人の一部が埋葬されている。

きちんと名前が残っている埋葬者の中には、大震災時に亡くなったアメリカ領事夫妻、副領

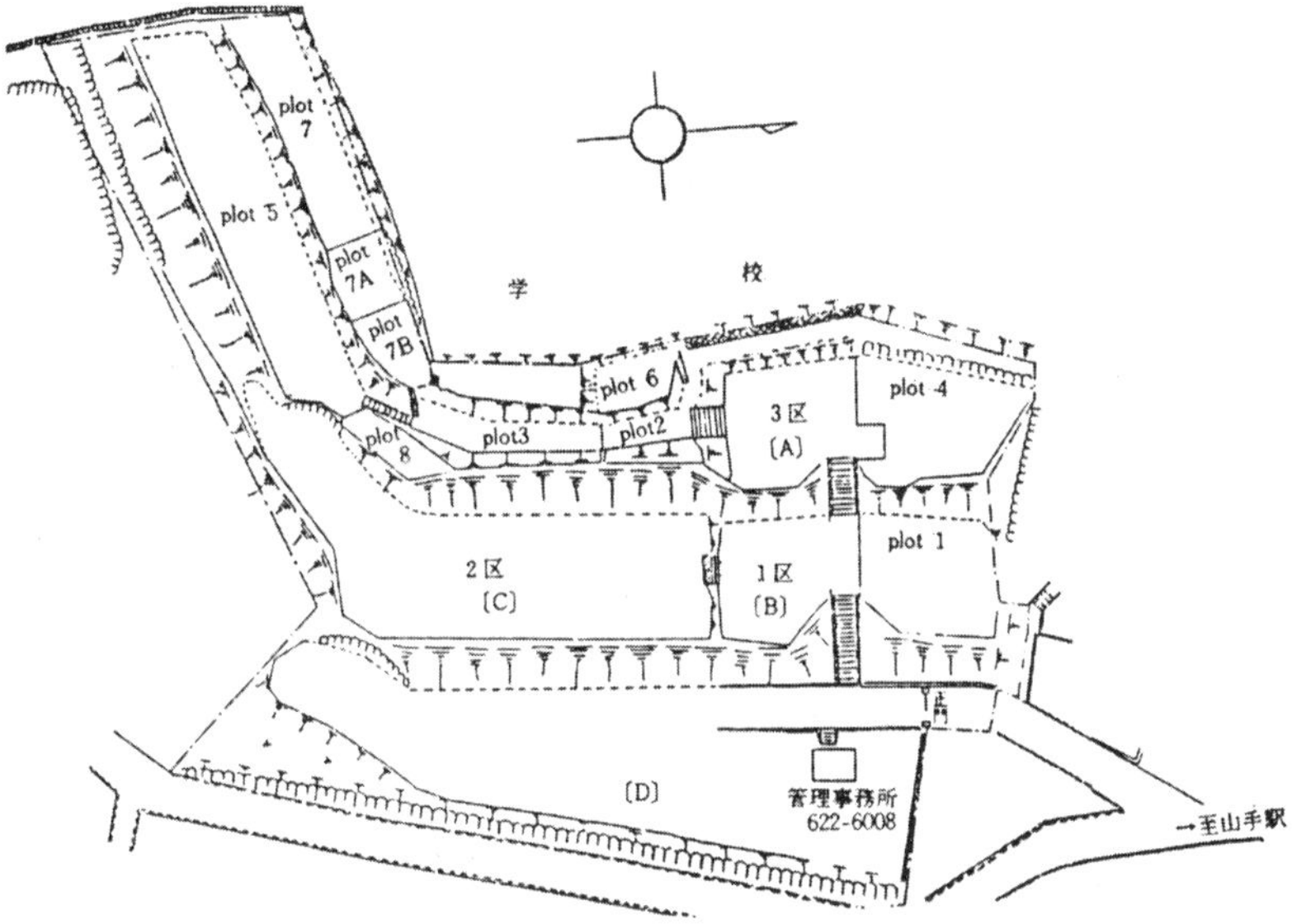

根岸外国人墓地縮尺図
plot 1からplot 7Bに、「GIベイビー」と呼ばれた混血の嬰児およそ900体が埋葬されているという

事、シャリアピンやメニューインなど世界的音楽家を日本に紹介し音楽界に貢献したというアウセイ・ストローク、太平洋戦争中、日本軍で情報部員として活動したことが知られる東京ローズの義父Maria Daquinoなどもある。

しかし、こうした人々を上回るのが、一九四六（昭和二十一）年及び一九四七年あたりに埋葬されたとされる嬰児たちの数である。わかっているだけでもおよそ九百基――。駐留軍兵士と日本人女性との間に生まれたとみなされるこういう子供たちは、当時、ＧＩベイビーと呼ばれていたという。

＊

四月の末、エディ藩、鈴木信晴さん、依田成史さんとともに、わたしは根岸外国人墓地を訪れた。ＪＲ根岸線の山手駅を降りて徒歩五分程度の台地にある。

入口の鉄の扉を開けて入ると、左手に管理事務所があり、右手の丘が墓地になっている。墓地へ上がるには石段がついているものの、段の奥行きが非常に狭く、しかも急なので、足もとが悪いときなどはそうとう気をつけないと危ない。わたしは雨の日にも行ったが、濡れた石段やぬかるんだ土に苦労した。

石段の上が横に長く広がった墓地で、そのまた上にももう一段、同じように横長の墓地が、崖に沿って伸びている。崖の上は仲尾台中学校だ。問題の嬰児たちは、二段になった墓地の崖側に、横にずらりと並んだかたちで埋葬されているらしい。

しかしそれを示すものはなにもない。

そもそもこの墓地は、外国人墓地といっても山手のそれとは外観からしてまるで違う。山手は柵で囲まれていて、一目見ればそこが墓地だとわかるが、根岸のほうは、一見したところ、ただのなにもない丘陵に見える。墓碑も墓標も、丘の面積に比べて実に少ないのだ。

その墓碑も、山手外国人墓地にあるような装飾的なものではない。ほとんどが、四角い簡素な石碑である。死者の名も刻まれていない小さな白い木の十字架が、その石碑の間にぽつりぽつりと立っている。むかしはたぶん、この丘からも海が見えたのだろうが、いまは家並みしか見渡すことができない。死者の魂を慰めるものがあるとすれば、木の十字架同様、ぽつりぽつりと植えられた、桜、椿、さつきなどの花だろうか。

田村さんたちが清掃などの奉仕活動や調査研究を始める前は、このわずかな墓碑、墓標も雑草に埋もれ、忘れられていた。それを思うと、わたしたちは言葉なく立ち尽くすのみである。

その時ふと、ピアノの音を聴いたような気がした。上の仲尾台中学校で誰かが弾いているらしい。

そう思った瞬間、ある光景が浮かんだ。真夜中、この土の下から無数の子供たちが出てくる。みな、背中に小さな羽根をつけたエンジェルだ。星の瞬く中、エンジェルたちは仲尾台中学校、隣の立野小学校へと滑り込んでいく。そしてピアノを弾いたり歌ったり、校庭を駆け回ったりして遊ぶ。もしも命がながらえていたら、きっとそうしたように——。

わたしはもうその時、自分が作詞することになった歌のタイトルを決めていた。

丘の上のエンジェル——。

いま振り返ってみると、この頃、わたしは根岸外国人墓地のことをほんとうの意味でわかっていなかった。わかろうともしていなかった。外国人墓地——混血の嬰児、というムード的なものでしかとらえていなかった。なんの問題もなく慰霊碑が建っていたら、それで終わっていたかもしれない。この時点でわたしの心をとらえていたのは、エディ藩がその昔、属していたゴールデン・カップスというGSのことだった。

2　ゴールデン・カップス伝説

ゴールデン・カップスというグループ名は、横浜・本牧にある「ゴールデン・カップ」というライブ・ハウスに由来している。メンバーは、そこにレギュラー出演していた「平尾時宗とグループ・アンド・アイ」というセミアマチュア・グループだった。

「ゴールデン・カップ」はいまも本牧の同じ場所にあるが、同じ名前をつけたのが六本木にあるデイヴ平尾の店だ。六本木という場所柄を考えると、店の面積は広いほうではないだろうか。店員が二人いて、ギタリスト二人と若いヴォーカルの男性がライブの準備をしている。それを眺めながら水割りを飲んでいると、デイヴ平尾が現れた。シャツにジーンズ。体型も顔も、ゴールデン・カップスの頃とほとんど変わらない。グループのリーダーでありヴォーカリストであった人だ。

「そう、俺が一番、変わんないの。みんな、あの頃より肥ったもんね。エディなんか全然、変わっちゃったよね。マー坊（ルイズルイス加部）？　あ、彼だっていまよりずっと細かったんだよ」

早いピッチで水割りのグラスを空けながら、デイヴは話し始める。

一九四五年、横浜生まれ。新山下にあった生家は、「シップス・ランドリー」という外国船専門の大きなクリーニング店だった。九人きょうだいの八番目。可愛がられ、何不自由なく育っている。本名は平尾時宗。明治生まれの父親が北条時宗にあやかってつけた。

ロック好きの姉が一人いて、まだ始まったばかりの日劇ウエスタン・カーニバルに必ずこの幼い弟を連れていった。レコードも、姉のものを一緒に聴いた。彼はプレスリーに感銘を受け、中学生の頃に、もう歌手になろうと決めていた。

歌手への道といえば、まだこのころは徒弟制度が一般的だったのではないだろうか。演歌のイメージどおり、風雪に耐え、歌の修業に励む。そこを乗り越える根性と才能、そして運に恵まれた者だけが、後にプロ歌手として日の目をみる。

が、戦後、アメリカからプレスリーを代表とするロックンロールが入ってきて、ロカビリー歌手なるものが日本にも出現するようになると、その方式が変わってきた。下積みの苦労とは無縁に、趣味の延長でプロになる者が出てきたのである。旧日本的な演歌ではなく、開放的なアメリカン・ロックで育ったGS世代からそういった風潮が始まったわけだが、デイヴ平尾はその典型だった。

デイヴが初めてバンドを組んだのは高校生の時。ビートルズをはじめとする、楽器プラス・ヴォーカルのインストゥルメンタル・グループが出始めた頃である。

初めて人前で歌ったのは大学生になってから。デイヴは日大に進んだが、音楽をやっていた仲間たちはみな神奈川大学に入り、そこでバンドを組んだ。学園祭の時、デイヴはそのバンドからヴォーカルとして呼ばれ、歌ったのだ。

それから、自分がリーダーとなって幾つもバンドを結成し、幾つも解散させた。大学は一年の前期しか出なかった。〝歌〟という遊びに夢中だった。そして二十一歳の夏、ロックの本場であるアメリカに行ってみたくなり、豪華客船に乗って出発した。旅費も四ヵ月間の滞在費用もすべて親が出してくれた。

子供を海外で遊ばせてやる親は、いまでこそいくらでもいるが、当時はまだ日本全体が貧しかった。そうしたくてもできなかった親がほとんどだったし、子供のほうも親にそんな期待はしなかった。どうしても海外に行きたければ、安い貨物船や時間のかかる列車で行くのが常識だった。デイヴ平尾は、じつに恵まれたお坊ちゃんだったのである。

同じ頃、エディ藩も渡米した。これも親がかりの贅沢旅行である。二人は知り合いだった。デイヴのつくった幾つものバンドのひとつに、エディ藩も加わっていたことがある。「おお、おまえも来てたのか！」というシーンがあったようだが、行動を共にすることはなかった。それぞれ行きたい方向に別れて旅をしている。

レコードでしか知らなかった「ゼム」などの有名バンドをライブでみまくったデイヴは、「日本中で俺ほどアメリカを、ロックを知ってる人間はいない」という自負を胸に帰国した。

「すっかり頭でっかちになってたよね」

と、デイヴは言うが、あながちそうとも言えない。日本人の海外渡航が自由化されたのは一九六四（昭和三十九）年。デイヴのアメリカ旅行はその翌年だ。この年、日本航空によるパッケージ・ツアー「ジャルパック」が初めて発売され人気を呼んではいたが、まだまだ海外旅行はそう手軽に行けるものではなかった。プロの音楽関係者でも同じだっただろう。先にも言ったように、お金のかかるものだったからだ。なのにデイヴは四ヵ月間もライブ漬けの旅をしてきたのである。自慢できるだけのものはあったに違いない。

帰国後はまたバンドを組んだが、もはやなまじのレベルでは飽き足らない。本牧のライブ・ハウス「ゴールデン・カップ」から専属バンドをやらないかという話があったのを機に、横浜のアマチュア・バンドからこれはと思う精鋭をスカウトして新バンドを編成した。それがゴールデン・カップスのスターティング・メンバーである。

ヴォーカル・デイヴ平尾、リードギター・エディ藩、サイドギター・ケネス伊東、ベースギター・ルイズルイス加部、ドラムス・マモル・マヌー。バンド名は「平尾時宗とグループ・アンド・アイ」。

ゴールデン・カップス当時のインタビューで、デイヴ平尾は、

「あのメンバーを選んだ基準は、実力もさることながらルックスね。それと経済的に恵まれた家の子」

と言っている。それはほんとうかと尋ねてみると、彼は答えた。

「ルックスはほんと。経済的なことっていうのは、うーん、自然とそうなったのかな。食べるために働かなきゃっていう環境だと、好きなようにバンドやれないでしょ」

あくまで遊びであり、食べていく手段ではなかったのだ。

「ゴールデン・カップ」のある本牧は、当時、もっともアメリカに近い日本として注目を浴びつつあった。言うまでもなく、米軍基地があり、アメリカのものがどこよりも早く、たくさん入ってきたからだ。作家、画家、芸能関係者などが、わざわざ東京から車を飛ばして本牧へやってきた。ブームに先駆けてリズム&ブルースをやっていた平尾時宗とグループ・アンド・アイは、たちまち音楽関係者の注目を浴びた。本牧で遊んでいる若者たちの間でも人気を独占していた。

「歌も演奏も個性的だったけど、外見も凄かったですよ。アイビー・ルックなんか流行ってた時代に、彼らはみんなヨレヨレのシャツにズボン。見て仰天しましたよ。『ゴールデン・カップ』という店自体も、外国映画に出てくる場末の酒場みたいな雰囲気で、みんなビールをラッパ飲みしてるんです。あの頃、缶ビールなんてまだなかったでしょ？　ビールはラッパ飲みするもんじゃなかったんですよ。あのメンバーも、都会的という以上に横浜的でしたからね、ぼくはなめられないよう、自分の歳を実際よりずっと上に言ってたもんです」

後にゴールデン・カップスのマネージャーになる原一郎氏の話である。ファッション・センスでは定評があった彼らのことだから、そのヨレヨレは、汚いという意味ではないだろう。元町か、それとも米軍基地内のPXあたりで手に入れた上等のものを、一見ヨレヨレに見えるよう着崩すだけのセンスが彼らにはあった。

北アイルランドのブルース・ロック・バンド「ゼム」を真似て、坐ったまま演奏するステージも新鮮だった。噂を聞きつけて、音楽プロダクションや人気歌手までが、グループ・アンド・アイを目当てに「ゴールデン・カップ」へやってきたのだから、そうとうな火のつきようだ。

レコード会社にスカウトされるのは時間の問題だった。彼らを専属にしていた店の名をとり、ゴールデン・カップスとしてプロ・デビュー。彼らは後に、「失われた本牧」の伝説として語られるようになる。

「レコード会社の人が俺たちのことを見て、おまえたち、メンバーからして外人じゃないかって言うんだよ。そうか、そう言えば、混血はいるし、中国人はいるしって、初めて気づいてさ、じゃあ、全員ハーフってことで売り出そうってことになって……」

横浜のど真ん中で、しかも外国船相手の仕事をする家に生まれ育ったデイヴにとって、外国人もハーフもことさら意識する存在ではなかった。ものごころついた時から、身近に、普通にいた。

デイヴより一歳年下のケネス伊東は、ハワイ生まれのハワイ育ち。本名も同じ。父親が米軍関係者だったので、この時期、日本に家族で長期滞在していた。

エディ藩は、本名、藩広源。台湾国籍で両親ともに中国人。ルイズルイス加部は、本名、加部正義。父親がフランス系アメリカ人、母親が日本人。マモル・マヌーは、本名、三枝守。両親ともに日本人。だから全員がハーフというのは嘘で、いかにもハーフっぽい名前も、ケネス伊東を除いてその時つけられた芸名である。

「デイヴっていう名前？　『逃亡者』っていう、あちらのテレビドラマがあったじゃない。主役のデヴィッド・ジャンセンがすごく人気があってさあ。おれ、そのデヴィッド・ジャンセンにちょっと似てるっていうんで、時々ふざけて、デヴィッド平尾です、なんて言ったりしてたの。でもデヴィッドよりデイヴのほうが語呂がいいかなと思ってね。デイヴ平尾にしたわけ」

当時、GSではブルー・コメッツ、スパイダース、タイガースがすでに人気者になっていた。ゴールデン・カップスはそれを追うGSとしてデビューし、アイドル性と高い音楽性を兼ね備えた玄人好みのバンドとして狙いどおりの人気を集めた。

レコード・デビューは一九六七年の「いとしのジザベル」。十八万枚を売り上げて、順調なデビューを果たした。続く「銀色のグラス」は、八万枚止まりだったものの、第三弾の「長い髪の少女」が三十五万枚という大ヒットになり、日劇ウエスタン・カーニバル出演が同期だったテンプターズと並ぶスターGSになった。

よく言えば個性的、悪く言えば世間知らずでわがままなグループだった。勝手に仕事をすっぽかし、メンバーが揃わないことがしょっちゅうあった。

「さすがに二人ってことはなかったけど、三人しか来ないなんていうのはよくあったね」

当人たちはけろっとしていたが、たいへんだったのはスタッフだ。マネージャーになった原氏は、地方公演でメンバーが欠けていたため、そこの興行を取り仕切っていたヤクザにあやうく指を詰めさせられそうになったこともあるという。

「なにせ若かったからねえ、金銭欲も名誉欲もなかった。ほかのGSに対してライバル意識なんてのもほとんどなかったなあ。将来のことも考えなかったし、その日、その日が楽しけりゃいいって感じだったもの」

それに純粋で、メンバー同士、喧嘩はしても、原因は芸能界にありがちな金銭や女のことではない。音楽的な面での衝突だった。が、喧嘩するほど音楽が好きでもプロ意識は薄く、メンバーの誰彼が仕事をすっぽかして消えてしまうのは、あまりの忙しさがいやで、という子供っぽい理由だった。

「長い髪の少女」が大ヒットしても、彼らは公然と、「歌謡曲みたいな歌なんか唄いたくない。俺たちはあくまでブルース・ロックをやりたいんだ」と言い張っていた。だからテレビと違ってライブ・ステージではオリジナルを決して歌わなかった。

「日本語で歌うなんて、そんなダサいことできないって、あの頃は思ってたね」

と、デイヴ平尾は言う。

欧米の物真似ばかりでオリジナリティのないことをやってるほうが、よっぽどダサいじゃないか、といまの若者なら思うだろう。でも、それがわたしたちの世代だった。日本の民主主義は、戦後のことだ。敗戦と同時に、価値観ががらりと変わった。天皇が神ではなく人になり、女性が参政権を得、思想の自由が認められた直後に、わたしたちの世代は生まれた。だから育ってきた過程は、まだ戦前戦中の価値観を引きずっている大人、そして社会との闘いだったと言える。そのわたしたちの目に、民主主義先進国であり、経済先進国でもある欧米は、すべてにおいて輝いて見えた。日本的なものを捨てること、欧米に習うことこそ、最も新しいことだったのである。

ゴールデン・カップスの実力をもってすれば、オリジナルなロックを世に送り出すこともできただろう。だがその受け皿がどこにもなかった。レコード会社も音楽ファンも、それを求めてはいなかった。

GSと入れ替わるように台頭してきたフォークソングはオリジナルな日本の歌だったが、あれも皮切りはアメリカの反戦フォークだった。日本が露骨に欧米の後追いをしなくなるまでには、長い年月が必要だったのである。

ところで、GSブームはそう長く続かなかった。理由はまた後述するが、ほとんどのGSが、デビューから二、三年で、あるいはもっと短い期間で消えていった。

「すごく忙しくてスターだったのは、二年間くらいだね」

と、デイヴ平尾が言うとおり、ゴールデン・カップスも一九七〇年代に入ると人気が急速に落ち、一九七二年に解散している。そしてメンバーは、それぞれに紆余曲折の多い人生を歩み始めた。彼らがほんとうの意味で社会に足を踏みだしたのは、それからかもしれない。

3　丘の上のエンジェル

七月の初め、「ストーミー・マンデー」の下にある「ママス」というスナックで、出来上がった「丘の上のエンジェル」の詞をエディ藩に渡した。

「なんで山崎さんに詞を依頼したかというと、亡くなった子供を母親が包みこむような内容にすべきだと思ったから。男の俺にはそういう詞、書けないもん」

と、エディ藩は言ったが、わたしは「亡くなった子供を母親が包みこむような詞」など、最初から書くつもりはなかった。ＧＩベイビーたちの母親は戦争の被害者かもしれないが、死んだ嬰児たちにとっては加害者の一人と言えなくもない。育てられないのならなぜ生んだのか、なぜもっと守ってくれなかったのか……口がきけるのならそう言いたかった嬰児も多いだろう。また母親のほうも、時代が悪かった、で済まされない罪悪感にさいなまれているかもしれない。自分が産む立場の女だからこそ、わたしはそう思う。

亡くなった嬰児たちの魂を慰めようなんて、生きているものの傲慢ではないか。多くの犠牲の上にあぐらをかき、経済繁栄の恩恵をたっぷりと受けてきた私たちこそ、その罪深い魂を癒してもらう必要があるのではないだろうか——。

そう考えた末、同じ時代に生まれ、死んで、あの丘で天使と化した嬰児たちと、生きて、それなりの幸せも苦しみも背負うことになった私たちが、戦後という歴史を振り返ることで心を通わせることができたら……ということにテーマを決めた。

もっとも、反戦歌にするつもりはない。歌として普遍性のあるものにしたかった。詞の背景を知らなくても、その人なりの状況をあてはめて口ずさんでもらえるよう、さまざまな解釈ができるように言葉を選んだ。

ちょっとここに紹介させていただく。

Oh Angels on the hill
聞かせて　あなたの物語
この世に生まれた　その日出会った
やさしい瞳　やわらかな
頰に受けた　熱い涙とくちづけ
震えながら　抱きしめた
あの人の　言葉にならない思いを

祈りを込め　許しを請いながら
去って行く　あの人を
見送った　You're the angel
その日から　You're the angel

Oh, fellows on my mind
聞いてよ　わたしの物語
この世に生まれ　生きて出会った
希望と孤独の　想い出を
（間奏）
Beyond the sorrows
時代《とき》はいつも　流れゆく
置き去りの心　凍りついたら
寄り添って　解かそう
With our hearts

笑いながら　歌いながら
はばたく　この空を
忘れない　いまここに
あなたが　いることを

Oh Angels on the hill
憎しみなど　いまはもう
通りすぎて　愛だけを
歌い継ぐよ　They're the angels for me
They're the angels for you

タイトルは根岸外国人墓地で思いついたとおり「丘の上のエンジェル」。「あなた」と「わたし」は、親子とも友達とも恋人同士ともとれるようにした。しっとりとした素晴らしく美しい旋律の曲が先にできていたから、そのイメージにも合わせた。

私はどきどきしながらそれを渡し、エディ藩はいつもどおりのむすっとした顔で受け取った。彼がこの詞を気にいってくれたのか、そうではなかったのか、いまだにわからない。読み終えた後の第一声は、

「ほんとは英語で歌いたいんだよね」

だった。中華学校からアメリカン・スクールに通っていたこともあるエディ藩は、英語の発音も美しい。

「英語、少し入れましたけど……」

おずおずと、わたしは言う。

「まあ、これの英語バージョンも作ればいいんだから……。でも、これどんなふうに曲に乗っけるの？　ちょっと歌ってみて」

「え？」

歌ってみてって……。わたしは絶句した。

じつは以前にも作詞をしたことがある。二十代の終わりごろだった。当時、アイドルとしてデビューしたある女優さんがLPを出すことになり、そこに収録される歌の作詞を大半、まかされたのだ。中に二曲、曲先行のものがあった。作曲家から受け取った曲をカセット・テープで聴きながら詞をつけていったのだが、それは二曲とも、非常にわかりやすい曲だった。詞を渡したとき、作曲家は、ちょっと唄ってみてくれとは言わなかったが、もし言われたら、鼻歌程度ではあってもちゃんと唄ってみせることができただろう。

でもこの「丘の上のエンジェル」の場合、そうはいかない。耳に心地よく、すんなりと心に入ってくる曲ではあるのだが、素人が即座に唄えるメロディではない。だから、この音には詞の言葉の中のどの一文字を乗せたらいいのか、それは作曲者であり歌手でもあるエディ藩にな んとかしてもらうしかない、と割り切って書いた。さらに相手は、わたしがかつてないほどの めりこんだ歌い手なのである。その人の前で自作の詞を唄うなどということは、委縮が先に たってとてもできない。

「すみません、唄うのは苦手で……」

ぼそぼそと言い訳をして、わたしは拒んだ。エディ藩は難しい顔をしたまま、その紙を上着のポケットにしまい込んだ。

ちょうどそこへ、アメリカの国旗のような派手なシャツにジーンズの男性が入ってきた。髪をポニーテールにして、鼻の下に少し髭をはやしている。細身の、引き締まった体つき。笑顔がチャーミングだ。

沖津久幸。これも人気GSだった「ジャガーズ」のリードギターをつとめた人だ。いまも現役のミュージシャンで、「ストーミー・マンデー」にも出演している。エディ藩がわたしを紹介すると、沖津久幸は真面目な顔になって言った。

「エディ、いまもこんなふうに人が来てくれるって、幸せなことだよ」

エディ藩はなにも答えなかった。

＊

「ママス」を出たわたしとエディ藩は、そこからほど遠くない寿司屋に入った。「エディさん、いらっしゃい」と、板前さんから声が掛かる。ここもエディ藩行きつけの店だ。何度か会って、わたしにも少し彼の日常がわかり始めていた。まず、起きると中華街にある「えびす温泉」という銭湯兼サウナに行く。そこでゆったりと時を過ごしたあと、「鴻昌」へ。

広東省から出てきたエディ藩の父親、藩昌盛さんとその姉が、一九四八年に開業した中華料理店だ。きしめんのように平たい麺が人気で、同業者でさえ、あそこのはおいしいと食べにくるほどだった。中華料理店が増えたいまではそうもいかないようだが、昔は休日ともなれば行列が途絶えることがなかった。電話を置いてない店であることもよく知られていたが、予約も出前もなしで充分やっていけたから、電話など必要なかったのである。

その人気店を維持してきた父親の藩昌盛さんは、一九七八年に糖尿病で亡くなった。ちょうど音楽活動にも行き詰っていたエディ藩は、一人っ子だったこともあって店の跡継ぎにおさまった。しかし、古くからの従業員たちが、料理のことも経営のことも知らないミュージシャンを経営者として崇めるはずもない。加えて、女丈夫の母親が店の実権を息子に渡さない。結局、エディ藩は店から外れてしまった。

一九八一年発売の「横浜ホンキートンク・ブルース」がヒットしたことも手伝って、彼はまた音楽活動に戻り、一九九二年には、友人二人と一緒にライブ・ハウス「ストーミー・マンデー」

をオープンさせた。

しかし、その音楽活動だけで食べていけるとは思えない。寿司をつまみ、日本酒を傾けながら、これまで何度か会っていながら聞けなかったことを尋ねてみた。

「エディさん、音楽活動にそれほど熱心ではないように見えますけど、ミュージシャンとしての自信とプライドは持ってらっしゃるんでしょ?」

「いや、俺、自分のことをミュージシャンだなんて思ってないもん。だっていま、そんなことを言えた状況じゃないでしょ? 普段、ギターをいじったりもしてないし」

「でも毎月ちゃんと『ストーミー・マンデー』でギターを弾いてらっしゃるじゃないですか」

「あれは弾いてるとは言えないですよ」

無表情にエディ藩は言った。

「リードギターが別にちゃんといるから、おれは楽してるし、新しい曲をいろいろやるわけでもないから」

「じゃあ、自分の職業はなんだと……」

「ギャンブラーだよね」

きざで言っているのではない。事実、エディ藩はギャンブラーだ。えびす温泉から「鴻昌」へ行き、毎日、レジからお金を摑みだして競輪場へ直行する。一回につき二十万から三十万使うというからすごい。儲けることもあれば、すってしまうこともあるというが、ギャンブルの常識として、すったお金のほうがはるかに多いだろう。

「お母さんは文句をおっしゃらないんですか？」

「なんにも言わない。死んだ父親がもっとすごい人だったもの」

そもそも中国人は博打の好きな民族だ。博打の種類も数えきれないほど多い。店の権利があっちからこっちへ一晩で移動したなどという話は、中華街にいくらでも転がっているらしい。エディ藩はそういう環境で育った。

「ギャンブルとダンスがなにより好きな親父だったね。ヒロポンもやってたみたい。まあ、そのころはヒロポンが普通に薬局で買えて、疲労回復剤みたいな感じで一般的に使われてたみたいだけど」

彼の博打好きとリズム感は父親譲りなのかもしれない。

父親が遊び人だから、必然的に母親が働き者になった。華僑にはそういう夫婦が多い。中国の女性は忍耐強いのだ。

「なんにも言わないけど、いまだに頑として経営権は渡さないもの。まあ、そうでなきゃ、店はとっくに俺が潰してただろうけどね」

よそでミュージシャンだのアーティストだのという呼び方をされても、中華街では「あの、どら息子」としか思われていない、と彼は苦笑する。

「でも、子供のころはいまより無口なおとなしい子だったですよ。よく食べて、ころころ肥って、ほっぺたが真っ赤な子で……。人より目立つことなんて、それこそギターをやってからでしょうねえ」

小学校は、三年間ほどインターナショナル・スクールにも通ったが、最終的には中華学校を卒業した。中学は私立の関東学院。そこでエレキギターとの出会いがあった。中華学校の先輩たちが中華街でエレキバンドを組んでいた。それに影響されてギターをやりだしたのだとい う。若者たちの間で広くエレキバンドが流行りだしたのはもっとあとだから、外人バーの多かった中華街は、洋楽が入ってくるのも早かったのだろう。

「そうね、うちも当時は店の二階に住んでたんだけど、隣が『同發《どうはつ》』でね、当時は中華料理屋じゃなくて進駐軍相手のダンスホールというか、クラブだった。だからいつも、窓越しにグレン・ミラーなんか聞こえてたんですよ。しぜんと洋楽に馴染んじゃうよね」

夏休みになると、神戸にある母親の実家へ行くのが毎年の行事だった。一人っ子の藩広源は、両親をはじめ、周囲の大人たちから甘やかされ放題に甘やかされて育つ。おまけに家は繁盛している中華料理店だから、ねだれば子供には高価すぎるようなエレキギターも買ってもらえた。むろん、周囲の誰もそんなものは持っていない。さすがにアンプまでは買ってもらえなかったが、電気屋にラジオを持っていってアンプに改造してもらった。

「担任で英語を教えてた先生が、ハワイアンとか軽音楽をやってる人だったんですよ。その先生にも教えてもらったりしてるうちに、おまえ、文化祭で演奏してみないかってことになって……」

やってみたらこれが大ウケだった。小太りの、これといって目立たない少年が、ギターのおかげで一躍スターになったのである。

「でも、将来、社会で目立った存在になろうとかっていう感覚は全然なかったですね。むしろ無意識のうちに、目立たないように心がけてたというか……。華僑だからね」

この、「華僑だからね」という意識は、あながちエディ藩だけの思い込みではないようだ。何人かの華僑に尋ねてみたところ、同じ答えが返ってきた。

「いまは違いますよ、積極的に名を売ってマスコミの寵児になる人も多い。自分たちの子供の世代……つまり、いまの若い華僑たちにも、目立たないよう、ひっそり生きようなんていう感覚はないでしょう。でもたしかに団塊世代までくらいはあったんですよ、それが」

ある華僑はこう言い、それを儒教精神だとも言った。食べるに困らない生活を手に入れたならば、それ以上を望んではいけないというのが中国の教えなのだと。

しかし別の華僑はもっと現実的で切実な理由を言った。一九七二年に日中の国交が回復するまで、万が一、警察に逮捕されるようなことでもあれば、中国、あるいは台湾へ強制送還されかねない、中国籍であるということはそういうことだった。だから良きにつけ悪しきにつけ、目立って人に目をつけられるのを恐れていた。なにかあれば、自分一人の問題ではなく華僑社会全体に迷惑をかけかねないから……と。

朝鮮人ほどには差別されなかったにしろ、華僑もやはり、日本社会の中ではエイリアンだったのである。エディ藩が呟く。

「いまでも、どっかあるかな、日本人でも中国人でもない中途半端な存在だと思う感覚が……」

わたしをエディ藩に紹介してくれた平岡正明さんは、それを「浮遊感覚」と表現する。心の中に、漂い続けているものがあるのだ、どっちつかずの夕間暮れの中で——。

わたしはまたふと、消えてしまったメリーさんのことを思い浮かべていた。

「丘の上のエンジェル」のことは、最初の「ちょっと唄ってみてよ」以外、この夜、話に出ることはなかった。

＊

それから数日後、京急能見台駅近くにある「Water Color Studio」で吹き込みが行われた。このスタジオを経営しているのは、「F・E・N」というロック・バンドを率いるミュージシャン、中村裕介である。彼は、わたしやエディ藩より一世代若い。横須賀に生まれ育ち、横浜・横須賀で音楽活動を続けてきた中村は、いまや横浜のロック・シーンにとって欠くことのできないミュージシャンであり、プロデューサーでもある。横浜・横須賀の「アーティストと人々が出会う街づくり運動」としてブルースシティ・ムーブメントを立ち上げ、エディ藩やジョー山中など、横浜・横須賀にかかわりの深い歌手に声をかけて積極的にライブ活動を展開している。「丘の上のエンジェル」の音楽ディレクターも彼だ。

その日、録音があることを、わたしは知らなかった。そもそもエディ藩には、先のスケジュールなど尋ねても無駄だ。ここ数ヵ月の付き合いでそれがわかった。月に二回、「ストーミー・マンデー」に出演する。ほかにも単発で音楽活動をしてはいるが、今度こんなコンサートがあるから、とか、ここのライブハウスに出るから、と、彼のほうからおしえてくれることはまずない。わたしとしては、たまたま他から耳にしたり、情報誌で知ったりして、あわてて駆けつけるしか方法がない。教えてくださいね、と懇願し、ええ、という返事が戻ってきたりはするのだが、実行されたためしはないのである。

この時も、午後をかなり回ってから、いま、録音やってるから来ませんか、という電話がエディ藩からあり、わたしは手元の仕事を放りだしてすぐに駆けつけることになった。わたしがそこにいなくても録音に支障はないのだが、できれば立ちあわせていただきたいと頼んでおいたのだ。

うちから能見台までは一時間半ほどかかり、スタジオに着いたのは五時ちょっと前だった。エディ藩は一時ごろからスタジオ入りしていたらしい。

「横浜のミュージシャンでオムニバスのＣＤを作るんですけどね、いま、エディさんが昔作った『オリエント・エクスプレス』っていう曲を録音してるんです」

中村が言った。ガラス張りのスタジオの中に、ギターを抱えたエディ藩がぽつんといる。なかなか思うような仕上がりにならないらしく、何度もやり直していた。中村も執拗に駄目出しをする。

「これでも悪くないんだけどね、最盛期のエディ藩を知ってるだけに、その水準を要求してしまうんですよね。もっとできるはずだ、この人にはそれだけの力があるし、プロデューサーとしてはそれを引きださなきゃいけないと思うから」

中村がわたしに言った。

ミキサー・ルームにいる数人の若いミュージシャンたちが、食事に出ることになった。エディ藩はちょっと照れ笑いめいたものを浮かべながら、マイクに向かって声を放つ。

「行って。ミュージシャンはみんなここから出て行って」

中村がこちらを向いて言った。

「エディさんがいま一番苦手なのはギターなんですよ。いつもの仲間以外のミュージシャンと演ったり、その目の前で弾いたりするのが怖いんです」

かつてはGSきってのギタリストと定評があっただけに、腕の衰えをあからさまに見られるのが辛い、ということだろうか。

それから三十分ほどしてようやく収録が終わり、エディ藩がスタジオから出てきた。いよいよこれから「丘の上のエンジェル」の録音が始まる。

「裕介、水割り」

エディ藩がぼそっと言う。

「エディさん、駄目だよ、いま飲んじゃあ。仕事終わってからね」

遠慮がちに、だが毅然と、中村がたしなめる。彼にとってエディ藩は音楽的な意味での大先輩だ。アマチュアのころの憧れのスターでもあった。だからいまでも、つねに先輩として相手をたてる姿勢を崩さない。そこが彼の立派なところで、だからこそ気難しい先輩ミュージシャンたちを束ねていくことができるのだろう。

しかしこの時、エディ藩は断固としてアルコールを要求した。久しぶりの録音で、彼も相当緊張していたようだ。

「飲まなきゃ先へ進めないよ。いいから水割り!」

しょうがないなあ、という顔で、中村は事務所の女性に水割りを作らせる。ミキサー・ルームのソファに腰掛け、グラスを片手に、エディ藩はようやく、先日渡した「丘の上のエンジェル」の歌詞を読み始めた。実際は唄っているのだが、「読んでいる」としか言いようがないほどたどたどしい。なんと、メロディに歌詞を乗せてみたのは、いまこの場が初めてらしい。

そんな作業はここ数日で終えているものと思いこんでいたわたしは、正直言って驚いた。挙句の果てにまた彼は、

「山崎さん、やっぱりちょっと唄ってみてよ。どう乗っけていいかわかんないから」

と、歌詞をわたしに戻そうとする。わたしは当然、唄えない。見かねた中村が、代わりに唄ってみてくれた。すらすらと、じつにうまく歌詞が乗っているではないか！

それを真似るかたちでエディ藩が試す。なぜかそのとおりに唄えない。自分の作曲だというのにメロディがまるで頭に入ってない様子だ。

中村がまた唄ってみせ、エディ藩がそのとおりになぞろうとする。だが何度やっても同じ箇所でつまずく。エディ藩が唄うと、その部分のメロディが狂うのだ。

抜群の音感を持つ、あの素晴らしい歌い手が、自分のオリジナル曲だというのに、いったいどうしてこうなるのだろう。素人のわたしにはわけがわからず、ただ茫然とこの光景を見ているしかなかった。

エディ藩があんまり何度も同じ箇所で音程を外すものだから、とうとう中村がわたしに言った。

「ここところの部分、歌詞がうまくメロディに乗らないみたいだから、書き直してもらえませんか」

やってみます、と頷いたものの、わたしは困惑した。歌詞というものは、たいそう少ない文章量で構成されている。簡単そうに見えても、創るほうとしては言葉のひとつひとつを慎重に選び、さんざん迷った末に決定する。しかも他の部分とのかかわりもあるから、直せと言われてもそう右から左へとはいかない。それに中村は、その部分をなんの支障もなく唄っているのだ。わたしの歌詞がそれほどメロディに乗らないとは思えない。要するに中村は、エディ藩の顔を立てようと苦心しているのだ。

これが本業である小説やエッセイの場合なら、わたしも納得がいかないことはきっぱりと断る。だが作詞は素人だ。しかも相手はエディ藩。彼が歌えない以上、直すしかないのでは……。

釈然としないながらも、なんとかしなければと歌詞を見つめていると、突然、エディ藩が言った。

「山崎さん、そんなに簡単に妥協しなくていいんです。唄えないのは俺の責任なんだから」

その言葉に、わたしはほっとすると同時に感動した。うまく唄えないことを、歌詞のせいにすることもできたのだ。しかし彼はそれをしなかったばかりか、じつにすんなりと、なんの言い訳もせずに、悪いのは自分だと言いきった。たとえどんな汚濁にあっても残るであろう彼のピュアな部分を、わたしはこの時、かいま見たような気がした。

でも結局この夜は録音までいかず、八月に入ってからあらためておこなわれた。今度のエディ藩は、前と同一人物とは思えないほど決まっていた。中村の当を得たリードも良かったが、高く澄み、自在にうねる声が、嬰児たちへの献歌を、夏の早朝に梢を渡る風のようにやさしく輝かしく歌い上げている。わたしは聴き入りながら、自分の詞をこの人に唄ってもらえる幸せを、しみじみと感じたものである。

「この前と全然違いますね」

帰りのタクシーの中で思わずそう言うと、彼は短く答えた。

「まあ、一応、プロだから」

その夜は、山手ライオンズクラブの鈴木信晴さんも一緒に楽しく食事した。一応これで、根岸外国人墓地に眠る「メリーさんの子供たち」に関するわたしの仕事は済んだのだ。また、メリーさん自身と元ゴールデン・カップス・メンバーの取材に戻るつもりだった。が、「メリーさんの子供たち」は、そうした安易なわたしの気持ちを諌めるかのように、問題を投げ掛けてきたのである。

＊

ＣＤ「丘の上のエンジェル」二千枚は、九月半ばに刷り上がった。エディ藩とわたしはむろんノーギャラだが、中村と彼の「Water Color Studio」もチャリティ料金でやってくれたようだ。

さてこれから売っていかなければならないのだが、山手ライオンズクラブの自主制作なのでレコード店には置いてもらえない。鈴木信晴さんの「霧笛楼」、エディ藩の「ストーミー・マンデー」はもとより、横浜のライブハウス、飲食店など、コネのあるところに頼み込んで置いてもらった。エディ藩が出演した「横濱ジャズ・プロムナード」では、赤レンガ倉庫群の敷地に組まれた仮設舞台のそばに机をだし、鈴木さんとわたしが売り子になって、来る客に声を嗄らして呼びかけた。

知りあいで趣旨に賛同してくれる人にはもちろん買ってもらったし、ちょうどその頃、わたしがラジオのパーソナリティを始めたので、その番組で「丘の上のエンジェル」を流したり、根岸外国人墓地について喋ったりした。

ありがたかったのは、地元のテレビ局や新聞、音楽関係のミニコミ誌、ラジオなどが次々と取り上げてくれたことだ。インタビュー嫌いで、事前に確認しておかないと姿を現さないエディ藩を説得し、わたしはなるべく二人一緒に出るようにこころがけた。そのほうがチャリティとしてインパクトがあると思ったからだが、もうひとつ、ぜひこれを足がかりにして、エディ藩に、ミュージシャンとして活躍してほしかったからだ。彼の歌には、周囲の人間がついお節介にも盛りたてたくなるなにかが、たしかにある。鈴木信晴さんにしても、幼なじみだからという理由だけで彼を選んだのではないし、中村裕介にしても、昔、憧れていた人だから、というだけで協力したわけではないだろう。それにこの「丘の上のエンジェル」の仕上がりは、チャリティの役目だけで終わらせるには惜しいものだった。

ところが、こうしてわたしたちがマスコミに登場したことが、思いがけない波紋をよんだ。根岸外国人墓地は市営で、横浜の衛生局が管轄しているのだが、そこから山手ライオンズクラブに対して、慰霊碑建立は無期延期、ことによっては中止もありうる、という通達がきたのである。

鈴木さんや依田さんによく話を聞いてみると、慰霊碑建立に際してＧＩベイビーを全面的に押し出したことが、衛生局の怒りを買ったのだという。

「どうしてですか」

わたしは仰天して問い返した。

「慰霊碑のことはちゃんと許可が下りてたんじゃないんですか？」

「下りてました。でも、事実関係のはっきりしない嬰児のことを、あたかも事実のように表沙汰にするなんて……というのが衛生局の言い分なんです。ことに山崎さんが『朝日新聞』にエッセイを書いたのが気にさわったらしくて、こんなでたらめを、と向こうはかんかんなんですよ」

そのエッセイとはこういうものである。

「山崎さん、作詞をたのまれてくれませんか。ぼくが作曲しますから」

エディ藩さんからそう声を掛けられたのは、四月の、桜の散り始めの頃だった。

エディさんは「横浜ホンキートンク・ブルース」や、中華街を舞台にした「淑珍《スーザン》」「Back to China Town」などでおなじみのシンガー・ソングライターである。私は彼の大ファンだから、その申し出に舞い上がった。とはいえファンだからこそプレッシャーも大きい。ブルースのエディ藩としてカリスマ的な人気を持つ人の曲に、私ごときが詞をつけられるのだろうか。気にいってもらえなかったらどうしよう……。

そのプレッシャーは、歌のテーマを聞いてさらに重くなった。なんと、死んだ赤ん坊たちへの鎮魂歌だという。しかもその赤ん坊というのは、戦後、進駐軍として日本へ来た連合軍兵士と日本女性との間に生まれ、嬰児のままで死んでいった子たちである。彼らの遺体が八百体以上も横浜の外国人墓地に埋葬されているらしいということを、私は初めて知った。

いまや観光名所となった山手の外国人墓地。その門の前に、戦後のある時期、明らかにハーフとみられる嬰児の遺体が、連日のように置き去りにされていた。当時、墓地の管理人をしてらした安藤さんというかたが、身許もわからぬその遺体を、墓地の一画に埋葬した。ところが同じような遺体が日々、増えるばかり。スペースがなくなるのを心配した安藤さんは、途中から根岸の外国人墓地の方へ埋葬するようになった。そして気がつくと、このような嬰児の数は八百体以上にも及んでいたのである。

むろんその中には、親の手で正式に埋葬された嬰児もいるだろう。しかし遺棄死体も多かったと聞いて、私は少なからずショックを受けた。そのすべてが死産だったとは思えない。親か、あるいはその周辺の誰かによって、死に至らしめられたケースも相当数あったはずである。私はその子たちの親を責めるつもりなどないし、責める資格もない。戦禍に焼かれ、占領下に置かれても、人は生きていかねばならなかったからだ。これはそこで起きた悲劇のひとつである。

根岸の外国人墓地は、山手のそれに較べて閑散としている。知る人も少ない。名前もないまま死んでいった嬰児たちに関しては墓標ひとつない。これではあんまりだということで、横浜山手ライオンズクラブが慰霊碑を建てることになった。さらに歌にして残そうではないかということになり、エディ藩さんがその依頼を受けたというわけである。

エディさんと私は共に昭和二十二年生まれ。埋葬された嬰児たちも、生きていたとすれば、ちょうど同じくらいの年齢だろう。私は、彼らの魂を慰めるなどというえらそうなことはできない。ただ、戦争とはなんなのか、生きるとはどういうことなのかを考えるため、彼らの物言わぬ声に耳をかたむけたい。そしてまた、生きてここまできた私たちの喜びや苦しみを、彼らに語りたい。そんな気持ちで詩を書かせていただいた。エディさんの美しいメロディと歌声で、この秋には披露される予定である。

悲しい歴史をいまさら掘り起こさなくても、という声もある。が、忘れないこと、語り伝えていくことこそ、生きている者の務めであり、誠意ではないかと私は思う。

（「朝日新聞」一九九七年八月六日付）

この文章のどこが衛生局を激怒させたのか、私にはわからなかった。山手外国人墓地に夜な夜な混血の嬰児が置き去りにされていたという話は、わたしが直接聞いたわけではないので、文中でも伝聞であることを明らかにしている。それをすんなり信じるのも無責任ではないかと言われるかもしれないが、安藤さんからそれを聞いたのは依田さんである。

依田さんが総支配人を勤めるＹＣＡＣは、根岸外国人墓地の研究をして本にまとめられた田村泰治さん、そして田村さんの指導を受けた仲尾台中学の生徒たち、さらに、周辺町内会の人々とともに、もうここ何年にもわたって墓地の清掃と墓前祭を行ってきた。安藤さんはすでに亡くなられており、その真偽のほどは確かめようもない。が、山手ライオンズクラブにしてもその話だけで慰霊碑の建立を思いついたわけではないだろう。田村さんの研究もあったし、もっと言えば、嬰児たちのことは一部では昔から常識だったのだ。

それにしても、「でたらめを書いた」と言われたのでは黙っていられない。

「どこが問題だったのか、わたしが衛生局へ出向いて直接、話を聞いてきます。もし間違ってることを書いたのなら、ちゃんとなんらかの形で訂正文を出しますから」

わたしがそう言うと、鈴木さんと依田さんの表情が微妙に変化した。

「いや、山崎さんに来られたら、向こうは困るでしょう」

「どうしてですか?」

「衛生局はねえ、嬰児たちのことが公になることで、自分たちの怠慢が表沙汰になることが怖いんだと思いますよ」

「怠慢？」

「根岸の外国人墓地は、市営なのに長いこと放っておかれたんです。墓地の整備だって、田村先生とかＹＣＡＣとか、いわゆる民間が動いたからこそ、ようやく重い腰をあげたんです。でもそれからだって、詳しい調査なんかを市としてはやってません。だから、あの墓地にそんな経過で埋葬された嬰児が八百とか九百とか凄い数あるなんてことを知ったら、どうしてこれまで放っておいたんだって市民から責められるんじゃないかと恐れてるわけですよ」

「でも、そのことを書いた田村先生の本が出てるじゃありませんか。あの方は市立中学校の先生を長く務めた方で、本を出された頃はまだ、いわば市の職員だった方ですよ。いまも市の教育関連の仕事で活躍なさってます。それにこれまでだって、田村先生のインタビューも含めて、嬰児たちのことは何度か新聞記事になってますよ。それに対して、市はなにか見解を示したんですか？　いまみたいに文句を言ったんですか？」

根岸外国人墓地に眠るＧＩベイビーの記事を、わたしは新聞のデータベースから何枚か手にいれて持っている。

「いいえなにも……。ぽこっとひとつ出る程度ならかまわなかったんでしょうね。でも今回の場合は、ほとんどの新聞がほぼ同時に取り上げてくれたし、テレビやラジオでも山崎さんやエディが喋ったし、ＣＤは出るしで、こりゃまずいということになったんでしょうね」

おまけに衛生局は、山手ライオンズクラブに対して、このことに関して山崎洋子にこれ以上、書いたり喋ったりさせるなと、暗に圧力をかけているという。

やめろというのなら、嬰児たちのことはでたらめだという反証を、衛生局が示してくれればいいではないか。これを機会にしっかり調査してくれるのなら、それに越したことはない。

「いや、そういうことはしないでしょう」

二人ともかぶりを振った。激怒しているのは現在の部長だか課長だか、要するに責任者である。彼らは自分の代に面倒事があってほしくないのだ。嬰児たちのことが嘘かほんとうか、そんなことはどうでもいい。ややこしいことは別の人間の代にまわして、自分たちの代はともかく安泰に過ごしたい。それが本音なのだという。

「納得がいかないでしょうけど、山崎さんは衛生局へ行かないでください。これ以上、相手を硬化させると、ほんとに慰霊碑が建たなくなる恐れもあるんです。それだけは避けたいから」

二人は言った。そこまで言われると、わたしもこれ以上言えなくなる。慰霊碑建立に向けて時間をかけてきた彼らの立場もあるだろう。慰霊碑がCDの売上だけで建てられるはずもないから、ほかの団体や個人からもすでに寄付を集めている。これでもし慰霊碑が建たないということにでもなればたいへんだ。衛生局との交渉は自分たちに任せてほしい、という二人の言葉に、わたしとしては頷くしかなかった。

「そういうことでしたら、いまの段階で衛生局へ行くのはやめます。でも、納得いかないのに沈黙することはできません。これからも機会があれば、あの墓地のこともGIベイビーたちのことも書きます。講演でも喋ります。そうすることでなにか情報が得られるかもしれません。わたしは事実を知りたいんです。構いませんか?」

「もちろんそうしてください。それは山崎さん個人の権利なんだし、じつはぼくらだって、そうすべきだと思ってるんですから」

二人は口を揃えてそう言った。しかし胸中は複雑だったに違いない。CDが売れないと困るから、ひとりくらいは広報係がいる。それをわたしがやってくれるのはありがたい。でも出過ぎて、これ以上、衛生局を刺激されても困る。こっそりと、しかし派手にやってほしいという、矛盾した気持ちだったのではないだろうか。

墓地のこともGIベイビーのことももっと書きます、と言った言葉の裏には、じつは私自身の大きな反省があった。チャリティはやみくもにやればいいというものではない、内容をよく理解してからやるべきだと、つくづく思ったのだ。

これに関わったことをみじんも後悔してはいないが、正直なところ、作詞の動機はGIベイビーではない。エディ藩からの申し出だったからやったまでだ。彼との距離を縮めたいという願望だけで引き受けた。GIベイビーの話にショックを受けたのも事実だが、慰霊碑建立が何事もなく進んでいれば、わたしはこれ以上、根岸外国人墓地のことを知ろうとしなかったかもしれない。

しかし衛生局の反応で、初めて自分がかかわったことの重大さに思い至った。根岸外国人墓地には、ほんとうにＧＩベイビーが眠っているのか、だとしたらその実態はどういうものだったのか、それともそんな事実はなかったのか——とにかく調べられるだけ調べてみようと決心した。

まず、それは、一枚千円のＣＤを買ってくださった方々に対する、わたしの責任でもある。

ＧＩベイビーを生みだすに至った占領下の横浜は、どんな状況だったのだろう。当時を知らないわたしは、そこからひもといてみることにした。

4　占領下横浜の女たち

一九四五（昭和二十）年五月二十九日。米軍機B29五百十七機及びP51百一機によって横浜は爆撃を受けた。いわゆる横浜大空襲である。投下された焼夷弾約四十三万発。東京大空襲の一・五倍もの量だ。当時の横浜の人口は約八十万九千人。その約半数が罹災した。死者三千六百四十九人、重軽傷者一万百九十七人。行方不明者三百九人。実際はこの数字を上回るとされている。

ことに被害が大きかったのが、中区、南区、西区、神奈川区といった横浜市の政治経済をになう中枢部分である。全面焼け野原になり、人々が生活していくためのあらゆる機能が停止した。

神戸で大震災があった時、あれほどの大惨事にもかかわらず、罹災者による略奪などの不法行為はまったく行われなかったと、外国のマスコミはいたく感心した。しかしそれは平和ないまの時代だからである。神戸、大阪に大惨事が起きても、東京をはじめとする他の地域からすぐに支援の手が差し伸べられ、衣食住や医療など、生きるために必要な基本手当に困ることはない。

しかしこの時は違った。一ヵ月と少し前に、日本の中心である東京が大空襲を受けている。日本の国そのものの機能が麻痺状態に陥っていた。そして八月六日、九日と続けて、広島、長崎に原爆投下。主要都市が焦土と化したまま戦争は終結し、日本は敗戦国となった。

終戦が八月十五日。同じ八月の三十日には、連合国軍総司令官マッカーサー元帥が厚木の飛行場に降り立っている。

「県警察部のサイドカーの先導で連合国軍（マッカーサー元帥一行）は完全武装、重装備の戦車、兵士の乗るトラックなどで厚木から横浜市内へ入ってきた。横浜市内の窓という窓はみな閉ざされ、人通りは全くなく、市電も自動車も通らない不気味な街となり、『死せる街』に進駐軍一行は到着した」（『横浜中区史』より）

そして進駐軍はすぐに接収を開始した。

「横浜税関にはG・H・Q（連合国軍総司令部）が設けられ、多くの占領政策の指令がここから出された（G・H・Qは九月十一日東京へ移った）。ホテルニューグランドは最高司令官マッカーサーの宿舎となった。関内の焼け残った目ぼしいビルは接収された。連合軍は冷蔵庫、ベッド、あたらしいシーツ、水洗トイレ設備を要求した。しかし敗戦後の横浜には無いものばかりであった。委員会は八方手をつくして調達した。やがてブルドーザーが陸揚げされ、すぐに動きだした。市民は焼きトタンでこれから寒さを迎えようとしていたところ、二四時間以内、はなはだしいのは一二時間以内の立退きが連合軍によって命ぜられた。

関内、関外などの焼け跡は急速に片づけられ、そこには濃いグリーンの軍用車をはじめ軍用機材がどっと集積され、まわりには有刺鉄線がはりめぐらされた。武装した米兵が歩哨に立った。兵士のためのカマボコ型兵舎が建てられ、そこに米兵が続々と入り込んだ。

年次をおって関内・関外・本牧の各地区の土地、小港や山手、本牧の個人住宅が接収となり、さらに公園、球場、競馬場が接収された。兵舎やモータープール、所々には小さな野球場、伊勢佐木町三丁目の裏、若葉町には米軍の小型飛行場もできた。

市域の接収面積は昭和二十七年で、千六百四万平方メートル、全国接収面積の六二・二七パーセントに当たっていた（市域の面積の三・九パーセント）。建物面積は百五万平方メートル、港湾施設は兵器輸送基地として九十パーセントが接収された。中区の場合はこの接収面積の四十三パーセント、建物は三十九パーセントに当たっていた」（『横浜中区史』より）

まさに横浜は占領下にあったわけである。ちなみに中区の接収建造物には、ここに出てくるホテルニューイングランド以外にいくつか例を上げると以下のようなものがある。

横浜税関──→連合軍総司令部

加賀警察署──→ＭＰ詰所

開港記念会館→婦人部隊、芸術センター
松屋吉田橋デパート→陸軍病院
松屋デパート（寿）→ＰＸ
日本郵船ビル、野沢屋デパート、毎日新聞社、帝国銀行、第一生命ビル、尾上町キリスト教青年会、銀行協会ビル→事務所
東京海上ビル、大同生命ビル→婦人宿舎
同和火災→ＤＩＤ本部
武道館→体育館
不二屋→サービスクラブ
東京銀行山下町支店→下士官クラブ

ところで、マッカーサー上陸に先立ち、こういうこともあった。
「横浜では十六日付で婦女子の疎開に関する回覧板が廻された。『婦女子は萬一に備えて是非疎開すること。異動証明は本日正午から受付けます』と記され、その対応の早さがわかる。この回覧板と連合軍進駐の予想をした市民らは横浜駅をはじめ、各駅から親類縁者をたよって疎開する婦女子で混乱をきわめるようになった」（田村泰治『郷土横浜を拓く』より）
進駐軍を迎えるにあたって、性の侵略ということを恐れたわけである。日本の男たちも、中

国をはじめとする侵略地でそれをやった。自分たちがやったことは他の国の男もやるに違いないから、というわけでこういう回覧板が廻り、政府は一億円という当時としては巨額な資産を投じて「善良で清純な婦女子を守るために」慰安施設を設置した。

横浜では幕末の開港時にも同じことが行われている。通商条約のもとに入港してくる外国人のために、幕府はなによりもまず遊郭をこしらえた。その際にも同じような言葉が使われている。

善良で清純な婦女子。素人の女性という意味で、この言葉は使われたようだ。では玄人——水商売や売春の経験者は、性悪で汚れているというのだろうか。性の防波堤にされてもしかたがないというのだろうか。

最近は例えば女子高生など、街で男に声をかけ、セックスの代償として金品を受け取っても、「売春」という意識はほとんどないようだが、この当時は違う。売春は「善良で清純な婦女子」から脱落することであり、「苦界に身を沈める」ことだった。処女性が重要視され、職も開かれておらず、ほとんどの女性にとって、結婚して男性に依存する以外生きる道がなかった時代に、娼婦になり、「まっとうな女」から脱落することは、考えるだに辛いことである。貧困の極みで、自分ばかりか親きょうだいを養うために仕方なく、その職業に就いた女性がほとんどだっただろう。

なのに、「性悪で汚れた女」と決めつけられたのではたまったものではないが、その痛みがわかる男性も、もちろんいたようだ。『神奈川県警察史・下巻』には、当時、横須賀署長であった山本圀士さんの言葉として次のような一文が掲載されている。

「八月一七日、私は次席の松尾久一さんと安浦の慰安所に行き、彼女らの前に立ちました。〝昨日まではアメリカと戦えと言っていた私が、いま皆さんの前に立ってこんなことを言うのは全くたまらない気持です。戦争に負けたいま、ここに上陸してくる米兵の気持を皆さんの力でやわらげていただきたいのです。このことが敗戦後の平和に寄与するものと考えていただき、そこに生甲斐を見出してもらいたいのです〟――私は話しているうちに胸がつまり、いくたびか言葉が切れました」

立場上、偽善めいた言葉を使わざるをえないことに対して、この方も忸怩《じくじ》たるものがあったのだろう。

政府の意を受けて、RAA（Recreation and Amusement Association）という組織が作られた。RAAは、公娼、私娼、芸妓だった女性を中心に接客婦（こう呼ばれた）集めをしようとしたのだが、彼女たちも空襲で焼け出され、それぞれ、地方へ散りつつあった。そこで鉄道の各駅に担当者を配し、列車に乗ろうとしている女性を勧誘したり、あるいは田舎までわざわざ出かけていったりして、約八十名を集めた。スタートは中区山下町にあった「互楽荘」という古いアパート。米軍が上陸した翌日には、そのアパートに、何千人という兵士が列をなしたという。そのように凄まじい数の男たちを相手にしなければならなかった女性たちは、精神よりもまず、肉体が壊れてしまったに違いない。

実際、まだオープン前だというのに百人を超える兵士が係員に銃を突きつけて上がり込み、そこにいた十数人の女性に躍り掛かって蹂躙《じゅうりん》した、ということもあったらしい。

さらにオープン二日目には、恐ろしさに逃げようとした女性を兵士の一人が追いかけ、殺してしまうという事件まで起きた。そんなわけですぐ、この慰安施設第一号は閉鎖されてしまったのである。

日本軍によって外地に連れていかれた従軍慰安婦たちも、日に何十人という男の相手をさせられる場合があったと聞く。人の肉体と精神がそのような状況に耐えられるものかどうか、男たちは思い至らなかったのだろうか。戦地や占領地でそのような行為に及ぶ男性も、平和時には良き夫、良き父親である場合が多いだろう。「普通の人間」がするあまりに残虐な行為に、いまさらながら戦慄せざるをえない。

＊

終戦は一九四五年八月だったが、それからたったの一ヵ月余りで、外国人向けの慰安所は県下に二十三ヵ所もできた。そこで働く女性は約八百六十人。

翌一九四六年早々、連合軍総司令部は、デモクラシーの理想にそむくとして日本の公娼制度を廃止するよう通達を出した。公娼とは、国家公認の売春業者に雇われている娼婦のことである。各地の大きな公認遊郭は塀で囲まれ、大門と呼ばれる門があった。そこには警察官が詰めていて、逃げようとする女がいると捕まえた。貧しい農村から娘が売られてくるケースが多かったわけだから、明らかな人身売買である。しかも買った娘を生かすも殺すも業者の胸ひとつ、女郎に人権などない状態だ。その業者を国家が保護していたわけである。

公娼廃止で、いわゆる遊郭の女性たちは人身売買的な契約から解放された。しかし売春せざるをえない状況が無くなったわけではないから、引き続き、今度は私娼として同じ仕事に従事することになった。慰安所もそのまま持続している。

焼け野原になった街で、人々は生き延びることに必死だった。筵掛けのバラックを建てて雨風を防ぎ、進駐軍の残飯でこしらえた雑炊に列をなした。外地から兵隊たちが続々と帰ってきたが、大の男である彼らにも仕事がない。病気になっても満足な治療が受けられない。栄養失調は当然のことだったが、餓死者も毎日のように出た。衛生状態が悪いから伝染病も蔓延する。当時の県医師会の報告によると、県下における患者のうち、最も多い病気が栄養障害で全患者の四十八パーセント、次いで結核、チフスなどの伝染病患者となっている。

浮浪児となった戦災孤児も多く、収容施設は造られたものの、子供たちはそこから街へ出て、靴磨きやモク拾い（煙草の吸殻拾い）などをして食いぶちを稼がなければならない始末だった。

そうした中で、確実にお金を稼げたのが進駐軍相手の売春である。水商売などに縁のなかった「善良で清純な婦女子」も、パンパンと称される進駐軍相手の売春婦にどんどん身を堕としていった。家族に男がいても、仕事がなかったり（女には、さらにない）、戦争でけがをしていたり、病人だったりして必ずしも稼ぎ手にはなれない。肉体という、すぐに売れるものを持った女が、一家の担い手にならざるをえないケースも多かっただろう。

こうした売春女性は、日本全国で約十五万人もいたと言われている。

しかし、売る側の彼女たちにとっても、買う側の進駐軍にとっても由々しき問題が、すぐに持ち上がった。性病の蔓延である。GHQは早くも一九四六年三月、慰安所に「OFF LIMITS」という黄色い札を張り、そこへ兵士たちが出入りするのを禁止している。こうして慰安所は消えたが、需要と供給の関係は変わらない。売春宿、カフェ、キャバレー、そして街角に、娼婦たちは散っていった。その数は横浜だけで約一万五千人ほどもいたという。

そんなわけだから慰安所を廃止したからといって性病の罹病率が減るはずもない。GHQのある大佐は、「日本の女は性病の巣だ。不潔な悪魔だ」と、ののしったそうだが、進駐軍もまた買春することで性病を広げたわけだから、なんとも勝手な言い分である。

業を煮やしたGHQは、日本の警察に協力させて娼婦狩りを決行した。街娼の多い伊勢佐木町などで一斉検挙を行い、まとめてトラックに乗せて病院へ送り込み、検査をする。保菌者は強制入院させられるし、更生施設などに入所させられたりもするから、女たちも情報網を張り巡らし、捕まらないよう必死で逃げる。性病に体をむしばまれる恐怖より、逮捕や入院で稼ぎがなくなることのほうが怖いのだ。

そういう時世にあって、セックスにつきものの妊娠という問題は、どうなっていたのだろう。

＊

Dさんという女性がいる。現時点で、七十代の半ば近い年齢。メリーさんと同世代だ。戦後間もない頃、彼女は、伊勢佐木町を縄張りとするパンパン・グループのリーダー格だった。つい最近まで横浜でスナックを経営していたが、いまは店を閉じてひっそりと暮らしている。当時を振り返りながら、彼女は語ってくれた。

「妊娠は避けられないことだったわね。だって避妊具なんかなかったし、相手だってねえ、基地で配られても使わないことのほうが多いもの。いまだって、エイズが怖いのなんのっていうけど、男はコンドームなんかつけたがらないじゃない。性病の不安より欲望のほうが勝つのよ。こっちも妊娠の心配より、稼がなきゃって気持ちのほうが先に立つし――」

わたしはつい最近、風俗産業で働く若い女性から聞いた話を思い出した。どんなに気をつけていても、こういう仕事をしている以上、妊娠の危険はついてまわる、相手は自分より力があるし、お金で買う相手になど思いやりを持ってはくれない、現に自分も、コンドームを着けさせるまもなく酔った客にのしかかられ、中で放出されてしまい、妊娠、そして中絶という経験をした――と。

現代でさえこうなのだ。ピルはもちろんのこと、女が簡単に避妊具を手に入れることができない時代に、敗戦国の娼婦たちがどれほど妊娠という事態から逃れることができただろう。

ちなみに、日本で避妊薬が認可されたのは一九四九（昭和二十四）年である。食料難だというのに、後にベビーブームと名付けられたほど子供が増え続けることに政府も慌て、産児制限の意味合いをこめて急ぎ許可したようだ。ただしコンドームではなく避妊薬――女性の膣内に入れて精子を殺すタイプのものだった。一挙に七十八種も許可され一躍ブームになったが、たったの一年で数種類に減った。七十八種のうちほとんどが、なんの効果もないものであることが判明したのだ。それどころか、生命の危機を伴うものさえあったというから恐ろしい。

「あたしももちろん妊娠しちゃったことがあるわよ」

Dさんは続ける。

「でも、こういう仕事だから、まともに病院へ行って中絶してもらうわけにはいかないわよね。捕まっちゃうもの。そもそも、いまみたいにどこの産婦人科でも簡単に中絶してくれるような時代じゃなかったし……。だからコネを頼って、闇で中絶してくれる医者に頼むしかないんだけどね、麻酔使ってくれないのよ。乱暴だよね。相手はパンパンだっていう意識もあったんだろうね、医者のほうも」

麻酔なしの中絶手術は、凄まじい苦痛を伴ったそうだ。Dさんは体が丈夫なほうだったが、そのダメージのために一ヵ月間、起きることができなかったという。

手術前の消毒や事後の処理もいいかげんなことが多かっただろう。古本屋で手に入れた昔の女性誌をめくると、中絶薬だと思われる怪しげな薬の広告がいっぱい出ている。そんな便利な薬はいまでもないのだから、これで体を壊した人、命を落とした人も、そうとういたのではないだろうか。

「麻酔なしの手術が怖くて、中絶しようにもできなかった女は何人もいたわ。でもそうしてまごまごしてるうちに、中絶不可能な期間に入っちゃうじゃない。そしたらもう産むしかないのよね。生まれた子? さあ、どうなったんだろう。人のことなんか構っちゃいられない時代だったからねえ……」

こうして、何人ものGIベイビーが生み落とされた。クスリ——ヒロポンのたぐいは、娼婦のほとんどがやっていたという。それで命を落としたり廃人になったりした女もいるというが、クスリでも打たなければ神経がもたなかったのだろう。

わたしは、終戦直後に日本へ来たというアメリカ人女性にも会って進駐軍側からの話も聞かせてもらった。当時、彼女はまだ少女だったが、叔父にあたる人が位の高い軍人で、岩国の米軍基地にいた。彼女が家族から聞いた話によると、その叔父はことあるごとに部下を集め、「日本の女と遊ぶなと言っても無理だろうから、せめてコンドームを着けることだけは絶対に忘れるな」と、諭していたそうだ。女性を妊娠させないためではない。性病予防のためである。実際、兵士たちには大量のコンドームが支給されたらしい。にもかかわらずそのコンドームを使わない兵士が多いから、彼女の叔父も繰り返し説教しなければならなかったのだろう。

望まぬ妊娠をしたのは娼婦たちだけではない。当初、心配されたとおり、あちこちで進駐軍兵士によるレイプ事件が起きていた。『神奈川県警察史・下巻』によると、一九四五年八月から一九四七年一月までの間に、進駐軍関係者による強姦事件（未遂を含む）は九十六件となっている。うち、検挙件数は十三件。日本の警察は連合軍総司令部の指揮下に置かれていたから、犯人がわかっていても、捜査は容易ではなかったはずだ。殺人や強盗など、他の進駐軍関係者による事件を総合しても、警察の検挙率はわずか五パーセントである。

さらに強姦事件の場合、必ず警察に届け出るとは限らない。時代が時代だから、泣き寝入りするケースのほうが圧倒的に多かったのではないだろうか。実際には、ここに現れた数字の何倍ものレイプ事件があったに違いないと、わたしは思う。その結果、妊娠という事態になった例も少なからずあっただろう。

もちろん、この頃に生まれた混血児たちの中には、幸せな恋愛や結婚の結果だった人もいる。彼らは両親の愛を受けて幸せに育ったことだろう。しかし、望まれることなく生まれた子、または望まれて生まれたとしても親に育てる能力がなかった子たちのほうが、圧倒的に多かったことは、混血児専門の孤児院がいくつもできたことで証明されている。

じつはこの時代、混血児でなくても嬰児をめぐる凄惨な事件は起きている。その代表が「寿産院もらい子殺し事件」だろう。東京都新宿区柳町にあった寿産院では、一九四七年から四八年にかけての一年間で、約百十二人の嬰児を預かった。ところがこの産院の実態は、生まれたものの親が育てることのできなかった嬰児を、どこかへ養子斡旋するという名目で親から手数料を得てもらい子する、そうしておいて、ろくに食べ物も与えず死に至らせ、手数料だけちゃっかり懐に入れるというものだった。

百十二人の嬰児のうちなんと八十五人を消化不良、栄養失調で死なせていた。しかもこの種の嬰児預かり、養子斡旋を目的とした産院は、この時期、東京都内だけで七百六十八軒もあり、全国各地で寿産院と似たケースの犯罪が行われていたのである。

日本人の子供でさえこのような目にあった時代、ＧＩベイビーになにが起きたか、推して知るべしではないだろうか。

5　エイリアン――横浜の異人種たち

一九五一（昭和二十六）年は、サンフランシスコ講和会議で日米の平和条約が調印された年である。翌一九五二年の『サンデー毎日』四月六日号に、「敗戦の置土産」という混血児の記事が出た。終戦後の混血児第一号たちが来年は就学年齢に達するというので組まれた特集記事だ。

「プレス・クラブの某アメリカ新聞記者は、全国の医師、産婆の申告によって集計したところでは、（混血児の数が）二十六年十二月現在で十五万人はあるという。けれども厚生省、その他関係官庁でもまだ調査に手を染めていないから、はっきりした数は全くわからないということである」

と、冒頭に記されているが、これがほんとうだとすると凄まじい数である。記事によれば、東京近郊だけで養護施設は百五ヵ所。そこに収容されている混血児の数は約七百名。混血児専門の施設は全国に三、四ヵ所しかなく、そのいずれもが百数十名を収容しているという。

「養護施設の全国的の数は、四百六十、収容人員二万六千（二十六年二月現在）であるが、混血児はその十分の一にも達しないという点から帰納すると四千人たらずとなる。その上、個々の家庭にも相当の数はあると想定されるが、家庭にある者の調査はまだ手がつけられていない」とも記されている。

養護施設に入所している混血児が全国で約四千人。家庭で育てられている者が何人いたのかはここにあるとおりわからないが、養護施設にいる人数より多いとは、わたしには思えない。でも、かりに六千人が家庭にいるとしよう。あとの十四万人はどこへ消えたのか——。

この数字を睨んでいると、根岸外国人墓地の嬰児、「八百体から九百体」という数が、異常に少なく思えてくるのである。

ところで、嬰児の死体遺棄が事実だったとして、当時、それは可能だったのだろうか。日本には監察医制度というものがある。変死体が出ると、解剖に付され、死因の追及が行われる。それによって殺人、病死、事故死などの判断が下され、場合によってはそこから事件があぶりだされたり、保険が下りたり下りなかったり、労災の認定基準とされたり、あるいはまた、冤罪が晴らされたりもする。人の死というものに法がからんでくる以上、なくてはならないものである。この制度のことは、近年、法医学関係者によるエッセイが多く読まれたり、推理小説やテレビドラマにもよく法医学が登場するようになってから、一般の人々にもなじみ深いものになった。

ところが、日本における監察医制度の歴史は、意外なほど浅い。戦後になってから取り入れられたものなのである。それまでは警察医などの医師によって、たとえ変死体であっても、死体の外側から判断するだけで死因が特定されていた。間違った判断も相当あったに違いないし、冤罪に泣いた人も少なくはなかっただろう。

欧米ではとっくに解剖して死因を探るということが行われていたから、日本でも一部の法医学者は、この制度を取り入れるべきだと早くから提唱していたらしい。だが、明治、大正、そして昭和も戦後になるまで聞き入れられず、結局はアメリカの介入のおかげで戦後ようやく実現したのである。

そのきっかけは、終戦直後、東京で大量の餓死者が出たことだった。東京だろうと横浜だろうと、爆撃を受けたところは廃墟同前で、住居も食料もなかったのだから餓死者が出ても当然だろう。が、これを知ったマッカーサーは、もし事実なら由々しきことだ、占領政策に問題があるということだから、ただちに遺体解剖を行って死因を究明せよ、という命令を下した。それをきっかけに、まず東京都に監察医制度が敷かれ、東大医学部、慶應義塾大学医学部が委託されて実施にあたった。そして翌年には、他の六大都市――大阪、京都、名古屋、神戸、横浜、福岡でも施行されるよう厚生省から発令された。

横浜でこの監察医制度が本格的に始まったのは一九五二年のことである。当初から、横浜市立大学医学部法医学教室でその仕事にたずさわってこられた市大名誉教授の西丸與一博士は、わたしの問いにこう答えてくれた。

「終戦後数年間は日本全体が混乱してた時期です。ことに占領下にあった横浜はそれが顕著だったでしょう。いまだったら、混血だろうとそうでなかろうと、嬰児の遺棄死体などがあれば警察が徹底的に調査します。でもあの当時は監察医制度もなかったし、その嬰児の事情がなんとなくわかるでしょうしね、徹底した死因究明、身許追求が行われなかった可能性は充分ありうるでしょう。たとえば山手外国人墓地にそうした嬰児の遺体が遺棄されていたとしても、届け出を受けた警察が、その処置を墓地の管理人さんの裁量にまかせたということは、あるかもしれません。実際、管理人だった安藤さんから、私も、根岸外国人墓地に埋葬したGIベイビーのことを聞いたことがあります。年代については詳しく聞かなかったのですが、相当数、あったということです」

＊

こういう混乱した時代に、エディ藩やわたしは生まれた。わたしは関西の海辺にある町だったから、戦禍の痕《あと》を直接見てはいない。しかし中華街で育ったエディ藩の場合はどうだったのか。

「生まれたのはどこなんだろう。香港かもしれないし、別のとこだったかもしれないし……」

ある時、いつものように目を逸らしながら、エディ藩は呟くように言った。

「よくわかんないし、親に聞いたこともないね。でもかすかに覚えてるのは、ものごころついた時、弁髪してたこと。ちょっとの間だと思うけど……」

弁髪とは、頭頂を剃って、残した周りの毛だけを長く伸ばして編んだ中国特有の髪形だ。清朝が終わると同時に消えたのではないだろうか。

あまり自分のことを語りたがらない人だし、無理に語らせようとすると、昨日と今日とで、言うことがまったく違ったりする。誰の心にも他人が立ち入ってはいけない部分があるのだから、わたしもそうしつこくは、そのあたりのことを聞けなかった。

ただ、ゴールデン・カップス時代の資料を見ると、台湾という記述がある。しかし本人へのインタビューから出たと思われるものには、生まれが香港で国籍はイギリスとなっている。国籍は中国だからそれは嘘なのだが、その嘘はレコード会社か事務所の方針だったのだろう。それともエディ藩自身がそう言ったのだろうか。いずれにしてもこのことで、わたしは中国人の置かれた位置というものを考えざるをえなかった。

六〇年代に入ってから、混血児がハーフと呼び変えられ、芸能界でもてはやされたが、それはあくまで白人系のハーフである。エディ藩がハーフだろうと純粋中国人だろうと、日本人の憧れは中国にはなく、あくまで欧米だった。ハーフが売り物のゴールデン・カップスで、中国籍のエディ藩がなぜかイギリス籍になっているのも、そのあたりに理由があったのではないだろうか。

中国人は日本において、朝鮮人ほど差別はされなかった。けれども戦争中は敵国だ。戦時下の物のない時代、中華街の華僑たちもたいへんだったに違いない。ある華僑の婦人は、当時を振り返ってこう語る。

「戦争中はね、中国人は警察の許可がないと横浜から出られなかったし、出られたとしても中国人だとわかると、日本人は物を売ってくれない。だけどこっちだって食べるものがなきゃ死んじゃうから、日本人のふりして買い出しに行ったの」

彼女は六歳で日本に来て、戦争当時は十代の半ば。洋裁店に住み込みで勤めていた。日本語が達者だったから買い出し係に指名され、日本人をよそおい、自転車で二俣川の農家へ毎日通った。帰りは二十キロもの荷物を自転車の荷台に載せ、小柄な体でペダルをこいで帰るのだ。

しかし終戦を迎えると、中国人の立場は一転する。日本は敗戦国。中国人は戦勝国民だ。日本人は飢えていたが、中国人にはGHQから特配があり、物は豊かだった。それを狙って日本人が中国人を襲う、といった事件も当時はあったようだ。

エディ藩の父親が「鴻昌」を開店したのは一九四八年。いい時期に中華街へ来たと言えるかもしれない。味の良さで店は流行り、おかげでエディ藩は経済的にはなに不自由なく育った。

「エディと知りあって、彼のうちで御馳走になったことがあるんですよ。鍋物だったんですけどね、材料がものすごく豪華で……。料理屋やってるとはいえ、驚きました。だってあの頃、日本はまだ貧しかったもの。ああ、彼は日本人じゃないんだって、あの時、思いましたね」（ミッ

キー吉野）

その豊かな中華街の一軒へ、一人のＧＩベイビーが貰われていった。後にエディ藩と共にゴールデン・カップスのメンバーになるルイズルイス加部である。

＊

ルイズルイス加部。本名、加部正義。一九四八年の生まれだが、ゴールデン・カップス時代の資料では一九四九年生まれになっている。

「なんでだろうね。一年くらい若く言ったって、どうってことないと思うのに、なぜかそうされちゃったんだよね」

本牧にある自宅にわたしを招いてくれたルイズルイス加部は、子供のような笑顔でそう言った。昔から住んでいるその家で、彼は犬と猫と兎を飼っている。兎は一階の一部屋を占領し、そこで放し飼いにされていた。

「兎ってすごく人になつくんだよ。可愛いし、毛がほんとになめらかなんだ。触っていいよ」

おいでおいで、と彼は兎を手招きした。

一九六〇年代の終わりに二十歳でデビューし、奔放な言動と七〇年代という時代をシャープに切り取った作品で当時、話題になった作家、鈴木いづみは、ゴールデン・カップスに対して特別な思い入れがあったようだ。小説の中にもよく登場する。メンバーとも付き合いがあったようだが、ルイズルイス加部への思いはとりわけ深い。

「古レコード屋で、グリーン・グラスのLPを見つけたわ。すげーえ、きれいな男がうつってた。その美しさにびっくりして、つい買っちゃったら、音もいいの」

「顔が小さくて、首の長い子でしょ？　手脚が奇型みたいにながくて、異常にやせてる。（そうだ、とわたしはうなずいた）あたしがまえからいってた、ハーフのジョエルよ。知らなかった？　はじめて見たの？（わたしはまた、首をこっくりさせた）有名よォ」

悦子は、わたしの腕をつかんだ。力がこもっている。

「予想してたより、ずっとキレイでしょ？」悦子は念をおした。

「女の子みたいな美少年って多いけど、あれは男の顔ね。きりっとしてる」

（鈴木いづみ『ハートに火をつけて！』より）

文中の「グリーン・グラス」がゴールデン・カップスで、「ジョエル」がルイズルイス加部である。

先にも書いたように、わたしはゴールデン・カップスのメンバーを記憶していない。だから当時のルイズルイス加部は写真でしか知らないが、まったくここに書かれたとおり、少女漫画に登場する美少年そのもの。顔が小さく、髪は亜麻色、背が高く手足が細く長い。そして白眉は目だ。思わずこちらが目を伏せてしまうほど大きくて澄んでいる。ハーフの美しさここに極まれり、といった感じだが、鈴木いづみが書いているように、彼は女まがいの美形ではない。きりりとした男顔なのだ。

中年になったいまも、その美形は健在である。「ストーミー・マンデー」で初めて彼を見たときの衝撃を、わたしは忘れない。

彼自身も自分の外見はよく心得ているはずだが、それを意識している様子はない。純真無垢という言葉はこの人のためにあるものではないかと思うほど、正直でピュアなのである。こちらが戸惑ってしまうほどに。

「子供の頃から、独りで山なんかさまようのが好きだったんだよね。木に話しかけたりなんかして……。ある時、うーん、ゴールデン・カップスの頃かなあ、シンナーが流行ってたでしょ? ぼくもあの頃、家の近所の山でシンナー吸ってて、ふらふらっとどこかへ迷い込んじゃったことがあるんだよね。あれ、ここどこだろうって見ると、根岸の外国人墓地だった。がらーんとしてて、雑草が生い茂ってて、いかにも寂しい感じだったね。あそこにハーフの赤ちゃんが埋葬されてるなんて全然知らなかったけど、いま思うと、呼ばれたのかもしれないね、その赤ちゃんたちに」

彼の母親は、本牧のチャブ屋で働いていた。チャブ屋とは横浜特有の言葉で、外国人相手の娼館のことである。本牧、小港、大丸谷などに点在していた。

そこへやってきたフランス系アメリカ人と知りあい、彼女は息子を産んだ。向こうが産んでくれと言ったのか、彼女独りの意志で産んだのか、ルイズルイス加部は尋ねたことがないから知らないと言う。ちなみに彼が芸名にした「ルイズルイス」というのは、実の父親の名前である。

「お父さんはアメリカへ帰っちゃったんだけど、一度、ぼくを引き取りにきたみたい。でも、お母さんが渡さなかった」

とはいえ、女手ひとつで育てていくのもままならない。彼は一度、中華街のある料理店へ貰いっ子されていった。

「いらっしゃい、いらっしゃいって、入り口のところでお客さんに愛想振りまいてたらしいよ」

西洋人形そのままの愛くるしい幼児は、さぞかし客の人気を集めたに違いない。

でも彼の母親は、やはり我が子を手放すのが辛かったのだろう。また連れ戻し、今度は自分の母親に託した。

「お祖母《ばあ》ちゃんからもね、お父さんは死んだって聞かされてたの。ちゃんと位牌まであったんだよ。ぼくにそう思わせたくて作ったんだろうね。ルイズルイス・ババって書いてあった。カタカナで。二十五歳くらいまで信じてたね、父親は死んだんだって」

そのころからずっと、いまの場所に住んでいる。祖母と二人暮らしで母親は別のところにいたが、彼が小学生になると母親はチャブ屋をやめ、近くに喫茶店を出した。

「お母さんとか、呼んでたわけじゃないけど、時々、ぼくに会いにきてね、あの人が母親なんだろうなあっていうのは、子供心に薄々感じてたね」

祖母は厳しかった。なにかいたずらをすると、竹尺を振りかざして追いかけてきた。でも可愛がってくれたから、正義少年はさほど母親が恋しいとも思わなかった。ものごころついた時から両親はいなかったのだから、寂しいと思うよすがもなかったのだろう。彼の容貌は見るからに混血だが、それに対するいじめも、とくになかったという。

「でも、中学生とか高校生とかになると、背も高いし、なんとなく目立ったんだろうね、みんなでいたずらしたり忘れ物したり、なんていう時、先生の標的になっちゃう。いつもぼくだけ叱られた。そういう時はねえ、やっぱり混血だからかなあ、なんて考えたりもしたけど……」

しょっちゅう、独りで山へ行って木と話してた、などというと暗い性格ではないかと思われるかもしれないが、そうではない。あまりにも際立った外見と、人をまっすぐに見返す大きな目に、こちらが勝手に圧倒され、「近寄りがたい人」のレッテルを貼ってしまうだけで、気さくで明るい人である。めったなことで他人の悪口を言ったりもしない。しかし彼を昔からよく知る人は、

「いやだと思う人間が同じ部屋にいると、もうその空気を吸うことさえ耐えられなくて」帰ってしまうほど繊細な面もある、と言う。

「すごく日本的に育ったよ。なにしろ純日本人のお祖母《ばあ》ちゃんに育てられたから、洋風である

わけないよね」

小さな正義少年が、祖母と向かい合ってちゃぶ台の前に坐り、お茶漬けなどを食べている姿をわたしは思い浮かべる。

母親がやっていた喫茶店の隣に、映画館があった。彼はそこでよく東映のちゃんばら映画を観た。旗本退屈男や宮本武蔵に憧れ、おもちゃの刀を振り回して遊ぶ、ごく普通のやんちゃな男の子だった。

音楽に親しんだのはいつからなのか。

「お母さんが洋楽聴いてたの。あの頃だから、ジーン・ヴィンセントとか。お母さん、歌手になりたかったたって言ってたね」

もしかすると母親は、息子の父親であるルイズルイスの薫陶を受けて洋楽好きになったのかもしれない。

母子が一緒に暮らすようになったのは、彼が高校生になってからだった。母親が歯医者の愛人になったのだ。歯医者には妻子があったのだが愛人のほうに来てしまい、愛人の子供である正義少年やその祖母と住むための家まで建てた。それが現在の住まいだ。

「女である母親を見るのは息子として気持ちのいいものじゃないし、父親づらしてこっちの生活に入ってきた男に、親しみもなければ、特別な興味もなかったね。でも、一応、一緒に住んでるでしょ？　学校で出す書類なんか、これまで父親の欄は空欄だし、母親の欄には職業、自由業としか書けなかったけど、それからは、父の職業、歯医者なんて書けたんだよね。それが嬉しかった。いま思えば、どうでもいいことなんだけどね」

特殊な生まれ育ちではあるけど、そんなに辛い思いはしなかった、と彼は言った。が、話を聞いていると、無意識のうちに抑えなければならなかった愛の飢餓をずいぶんと感じとらずにはいられない。なんとも切ない気持ちになる。

それでも、身内のもとで育ったルイズルイス加部はさいわいだった。GIベイビーたちの多くが嬰児のうちに命を落とし、さらに多くが親に捨てられ、孤児となって巷に放り出された。彼らを引き取った孤児院の中で、もっとも知られているのがエリザベス・サンダース・ホームだろう。

＊

神奈川県大磯にあるエリザベス・サンダース・ホームは、一九四八（昭和二十三）年、沢田美喜さんによって創設された。沢田美喜さんは三菱本家岩崎久弥氏の長女として生まれ、元国連大使、沢田廉三氏と結婚している。孤児院とは縁もゆかりもない名門婦人である。しかし敬虔なキリスト教徒である彼女は、占領下の街に溢れた混血児たちを見るに見かね、岩崎家の別邸だった屋敷に独力でホームを創設した。

沢田さんとエリザベス・サンダース・ホームに関する過去の新聞記事などを読むと、当時の日本政府の対応に、いま現在の、根岸外国人墓地に対する市役所の対応と共通するものを感じる。「臭い物には蓋」式のやり方だ。いや、日本政府だけではない。アメリカ政府もそうだったようだ。

一九五二年、そして翌年の一九五三年頃から、百四十人の混血孤児を擁するこのホームのことを、いくつかのマスコミが取り上げている。占領下で最初に生まれた混血児たちが就学年齢に達するということで、あらためて混血孤児問題がクローズ・アップされたのだろう。

新聞のインタビューの中で、沢田美喜さんは語っている。

「占領中は混血児のことを調べるのを米軍が嫌ったので、ろくなことができず、やっと自由に出来るようになったら、もう子供たちは学齢に達しようとしている。私たちもあわてているわけです」

「このエリザベス・サンダース・ホームが始まってからもう五年目に入ったんですが、なぜ今まで話題にならなかったかというと、アメリカも日本も覆い隠していたんですよ。鉄のカーテンでも竹のカーテンでもなく唖《むし》のカーテンがありましてね。恥さらしをしたアメリカ側が内緒にしとけと眼でいう。日本が全然追従《ついしょう》主義でコックリと頷く。どっちも面子にこだわって触れないようにしてるんで、ほんとに子供の福祉というところまで来るには相当手間がかかったんですよ」

一九四八年、沢田さんがホームを立ち上げた時など、「厚生省の役人から、『敗戦の恥辱だから、ほっとけ』といわれ、米軍将校夫人会から、『ノー・グッドな子だから、ベッドなんかいらない』と言われました」

日本の主婦たちからでさえ、

「生かしといたら、出生の秘密を知ってあとで苦しむじゃないの」

と、責められたという。それに怒りと反発を感じた沢田さんは、日米両政府からの妨害にもめげず、半ば意地で頑張ったようだ。時には総司令部に乗り込み、

「火の玉のようになって高官と渡り合わなければならなかった」

これに対して当時の厚生省児童局養護課の談話はこうだ。

「混血児問題は将来大きな社会問題となるおそれがあるので、国家的な見地から十分な対策を講じて行きたいと思う。その数は一万とも二十万ともいわれているが実際には不明で、約五百人が現在養護施設や乳児院に収容されているほか、多くは親の手元で養育され、少数が里親に引き取られていると見られる」

一万と二十万ではとんでもなく違うと思うのだが、それほどまでになにもわからない状態で、「多くは親の手元で養育され」などとどうして言えるのだろう。もちろんこの数字には、たとえば根岸外国人墓地に埋葬されているかもしれないような、亡くなった子供たちは入っていない。

それにしても沢田美喜さんの偉いところは、この問題の責任を、戦争や政府だけに押し付けようとしていないところだ。

「これは洋の東西を問わず敗戦ということの歴史に繰り返されたことで日本の女も半分の責任を持っていることですし、日本の政府はほとんど何もしてないですし……アメリカに全部の責任をとれとはいえないんですよ。

そりゃ日本の女に子供産ませて結婚もしないで行ってしまう白いのや黒いのには腹はたちますがね。落ち着いて考えりゃ、ジャワだけに日本人の落とし種が三千人もいるそうで、その父親である日本の男も、日本の政府も、なアんにもしてやしないんですからね」

戦争、それにともなうこうした孤児の問題は、確かに責任をどこか一ヵ所に押し付けてそれで済ませられるようなことではない。戦争を始めた人間、それを傍観していた人間、みんなに責任があることではないだろうか。

でもそれを考えるためには、いったいどんなことが起きたのか、まず知る必要がある。行政の側が蔽い隠してしまったのでは、それができないのだ。

ともあれ、こうして戦後の「平和日本」がスタートした。横浜各地区の接収が解除されるのは、もっと先である。

6　アジアの血で輝いた街

十五歳を目前にして去った故郷の町を、三十代半ばの頃、ふらりと訪れてみた。相変わらず静かで、二十年もの年月が流れたとは思えないほど変わっていない。わたしがこの町に住んでいた頃も変化は少なかった。

だから同年輩で東京や横浜の人が、

「いやあ、戦後の何年間かでみるみる変わっていったよ。そりゃもう凄いもんだったね」

などと話すのを聞くと、ああ、この人は戦後日本の移り変わりをまのあたりにして育ってきたんだなあと少しばかり羨ましくなる。焼土を知らない人間の、勝手な思い入れである。

野毛の闇市と中華街から戦後の活気をスタートさせた横浜は、凄まじいスピードで復興を遂げた。その大きな要因となったのが朝鮮戦争である。日本全体が戦争特需の恩恵を受けたわけだが、基地のあったところは特にそれが顕著だった。神奈川県も、当時、約五万人が基地従業員だったという。

神奈川新聞社発行の『激流　かながわ昭和史の断面』には、こんな話も出ている。

「京急・井土ケ谷駅近くの基地で死体処理をやっている、といううわさがあった。戦死体の修復作業には法外の日当が払われた。それでなくても基地従業員の収入は民間より数倍もよかった。特に弾薬を扱う部門では危険手当が加算されるので給料袋に札が入りきらない例もあった、という」

後にベトナム戦争によって、横浜、横須賀は再度好景気に沸くのだが、米軍の爆撃で壊滅状態になった街が、その直後、アメリカと他国との戦争で潤うというのも皮肉なものである。しかもその戦争で米軍の攻撃を受けているのは、同じアジアの民族なのだ。

飢えている時には他人のことなど構ってはいられないものだが、あまりにもあっさりとアメリカの首っ玉にかじりついていった自分たちのことを思うと、いまさらながら複雑な気分になる。

わたしは故郷の町にいた頃、白人も黒人も見かけたことがなく、外国とは直接なんの接点もなかった。けれども海のそばにあった図書館に通い、少年少女文学全集やハヤカワ・ミステリをせっせと読みながら、時々目をあげて水平線を眺め、ひたすら外国に憧れた。『アルプスの少女』のスイス、『赤毛のアン』のカナダ、アガサ・クリスティのイギリス、そしてもちろん、巷で大流行していたロックンン・ロールの国、アメリカ――。

美しいもの、華やかなものは、すべて外国にあった。そう思い込んだのは、当時の日本が貧しく窮屈な国だったせいだろう。戦後に生まれたおかげで飢えこそ経験していないが、わたしの子供の頃は、まだ食べ物がそう豊かだったわけではない。どこの家でも肉などはいまのようにしょっちゅう食べられたわけではないし、おかずが毎日変わるということもなかった。チョコレートもバナナも卵も高級品だった。

給食のミルクだって脱脂粉乳だったし、栄養障害にならないよう、学校で肝油ドロップが支給された。たいていみんな、おなかに蛔虫がいたから、虫下しの薬も学校で定期的に飲まされたものだ。

食べ物がそうなのだから、着るものに贅沢をしたり、家族で旅行をしたりということも一般的ではなかった。だから、ステーキやオムレツやケーキが食卓に並び、ベッドに寝て、少年少女がおしゃれをして車でパーティに行くという外国——つまり欧米に憧れたのである。

考えてみれば、向こうだって一般人はそれほど贅沢だったわけではないだろう。『アルプスの少女』のハイジは、黒いパンしか食べたことがなかったから白いパンを見て感激しているし、ベッドに寝るのは単なる習慣だ。でも少年少女が着飾って夜のパーティに行く——これには相当なカルチャー・ショックを受けた。アメリカのティーン向け小説にはしょっちゅうそういう場面が出てくる。贅沢と言えば贅沢なことだが、それ以前に、子供の自主性が認められている証拠ではないか。当時の日本では考えられないことだった。

マッカーサーが日本を「四等国家」だと決めつけたのはよけいなお世話だが、たしかに日本はまだその頃、戦前の封建社会的なモラルに縛られていた。「自由」よりも「規律」のほうが尊ばれていた。戦後の日本のめざましい経済成長には、この「規律」を守る世代の一糸乱れぬ働きが大いに貢献していたわけだが、窮屈だし、精神的に貧しかったことはたしかである。

だからこそ日本人は、原爆も空襲も即座に忘れ、明るく爽やかな風を運んできたアメリカに魅せられた。終戦直後に生まれたわたしたちベビーブーム世代こそ、その最たるものである。わたしのように、外国が本の中にしかなかった子供でさえそうだったのだから、外国人たちの豊かで開放的な暮らしぶりをまのあたりにした同世代の横浜の子たちは、もっと影響されたはずだ。

「本牧は元町なんかと較べると、ずっと田舎っぽかったけど、基地があったから独特の華やかさがあったね。学校の隣がベースだったの。授業中、窓から見えるんだよね、プールで男女がじゃれあってるのが。食べるものだって、当時の日本人と彼らじゃあ、まるっきり違ったもの」

（ルイズルイス加部）

「ぼくの父親の仕事は鉄道関係で、外国とは別に関係なかったんですけどね、隣の家がアメリカ人だったし、周りに軍属とか、新聞記者とか貿易関係とかの外国人、特にアメリカ人がいっぱい住んでたんですよ。だからごく小さい時から友達に外人がいて、家にも遊びに行ったりしてましたね。ぼくは三歳の時からピアノを習ってたんですけど、その先生も日本人とロシア人の両方いたし……。もちろんアメリカに憧れましたよ。ぼくは昭和二十六年生まれだから、占領下の横浜に生まれた最後の世代ですけど、高校生になった頃だってまだ、髪でも伸ばそうものなら、先生がハサミ持って追いかけてくるっていうくらい、がんじがらめでしたもんね」（ミッキー吉野）

「生まれは山口県。でもすぐ横浜に移って、旭区の鶴ケ峰ってとこで育ったんです。母親の姉がハワイの人と結婚してて、その人が軍関係だったんですよ。だから、いとこたちは日本人なんだけどアメリカ籍。まあそういう関係で、日本人オフ・リミットのベースにも出入りできたし、普通じゃ手に入らないようなものもＰＸ（基地内の売店）で買うことができたんですよ。聴く音楽ももちろんあちらのもので、小学生の頃からバンドでロックン・ロール唄ったりしてたもの、英語で。いや、もちろん英語できなかったけど、耳で聴いたとおりに発音して。あの頃はそうだったでしょ、みんな。歌謡曲なんてまったく関心がなかったですね」（マモル・マヌー）

日本人には欧米人の豊かさしか目に入らなかった。彼らは背も高く、目も大きく鼻も高い。脚も長い。体格がいいというだけで圧倒される。日本人はコンプレックスに陥り、伝統的に大切にしてきたものさえ、恥ずかしいもののように捨て去ろうとした。例えば、黒髪、着物などもそうかもしれない。漢文教育は英語教育より軽んじられ、日本製の機械や衣料品は、日本人自ら、粗悪品と決めつけた。それにアメリカは、どんな形であれ大量のお金を落としてくれたのだ。デイヴ平尾の生家である「シップス・ランドリー」は、続々と入港する外国船のおかげで盛業だっただろうし、エディ藩の住む中華街は、駐留軍兵士相手のバーやクラブで連日賑わっていた。

進駐軍に身を売っている女たちも、堂々と街を闊歩《かっぽ》していた。まだまだ男たちの職が少なく、桜木町駅前には失業者が群れをなしていた。どういう方法であれ、稼いで自分や家族を養っている女たちがうつむいていなければならない理由はない。

あのメリーさんもそういった時代の横須賀に出現し、やがて横浜へと移ってくることになる。

＊

「東京へ出てきたのは二十八歳の時なの」

自分のことをほとんど語らないメリーさんが、ある時、永登元次郎さんにぽつりと言ったそうだ。

一九二一年生まれのメリーさんが二十八歳の時と言えば、一九四九（昭和二十四）年である。

東京時代については、米軍将校のオンリーさんをしていたとか帝国ホテルあたりで客を引いていたとかいう話もあるが、それから六、七年たった頃、彼女は横須賀に姿を現している。

一九五〇年代後半に入ったばかりの頃である。

横須賀も当時、朝鮮戦争景気に沸いていた。どぶ板通りと呼ばれる歓楽街は、この頃とベトナム戦争の頃が最盛期だ。当時、そこで働いていたというある女性に話を聞いた。

「そりゃあ、おもしろかったわよぉ。『ゴールデンゲイト』とか『シャングリラ』とか、『ブラッ クローズ』なんていう店があってねえ、あの頃は、横浜より横須賀のほうが華やかだったかも しれないわね。航空母艦なんか着くと、米兵がいっぱい上陸してくるでしょ、どぶ板通りが米 兵で溢れかえっちゃって、日本人なんか通れないわよ。あたしはね、いわゆるスナックに勤め てたの。おもしろいようにお金が入ったわね。ドリンクのテケット（チケット）を店から買って、 それであたしたちが兵隊に飲ませるわけ。それとチップ。店からは一応、お給料もらってたけ ど、せいぜい長くて一週間でしょ。普通は三日から四日、へたすると一晩しかいられないもん だから、お金なんか惜しまないわよ。使えるだけ使っちゃうわけ」

「ヤクザなんかはからんでなかったと思うけど、女たちはみんな写真を六枚ずつ撮ってね、そ れをベースとか店とか、おもだったところに配っておくの。そうするとなんかあった時もそれ なりに守ってもらえるから安心なのよ。店に登録しておくと定期的に保健所の検診もあったし ……。そうそう、黒人はどぶ板通りへ入れなかったのよ。どっか、別のとこで遊んでたんじゃ ない？」

「英語、習ったわよ、一ヵ月三千円出して。だって米軍兵士相手だもん、英語ができるのとで きないのとじゃあ稼ぎが全然違ってくるのよ。どんな仕事にも勉強と工夫は必要だわね。たと えば、ベルトにドルをいっぱい差し込んどくの。そうするとほら、あ、あの娘は売れっ子だな、チップいっぱい貰ってるなっていうんで寄ってくるのよね、客が。そういうもんよ」

「高い娼婦は一晩二十ドルから四十ドルね。腕のいい女になると、一晩でアパート代くらい稼いじゃうの。庶民なんか住めない高級アパートよ、もちろん。でもあたしだって、一枚一万円もするドレスを作らせてたわねえ。あの時代の一万円よ。公務員の初任給くらい？　洋服は日本製だったけど、ランジェリーなんか向こうのものを贅沢に身につけてたし、香水とか化粧品なんかもね、シャネルだのディオールだのコティだのって、みんな持ってたわよ。でもあんまり簡単に稼げすぎたから使っちゃったのよね、全部。いまはなーんにも残ってないもん」

「軍票とグリーンダラー（ドル）があるの。軍票はシップ・ストア（船の中の売店）で使えたけど、価値がしょっちゅう変わるから危ないのよね。ドルのほうがいいの。ドルはグリーンダラーって言ってたんだけど、一ドルが三百六十円でしょ？　でも横浜へ持っていくと四百円……もっと高くなることもあったわね。だってドルが自由に買える時代じゃないもの。外国へどうしても行きたい人が買ったんじゃない？　商売とか留学とかで……。中華街なんかで取引されてたみたいよ」

「そりゃ、こういう商売の女たちだって人間だもの、付き合いが長くなると情が移ってくるわよね。だから、ベースに一年とか二年とか勤務してる外人と付き合っちゃ駄目なの。ちょっとしかいない兵隊みたいに気前よくないし、逆にジゴロになっちゃって、女に貢がせることだってあるんだから。ジゴロのことは私服って呼んでた。兵隊は制服だから」

「ＥＭクラブっていうのがゲートのそばにあって、ここはヒラの兵隊が楽しむところね。地位が上のクラスになると、ゲートの中の将校クラブで遊ぶの。その人たちと一緒なら、あたし達も中へ入れたのよね。ほかで買えないものも、そういうところのショップであたし達、買えるでしょ。それをよそで売るとまた儲かるのよね。もちろん違法よ。怪しまれると日本の警察とＭＰに徹底的に家捜しされて、罰金どころかへたすると懲役よ。でも、みんな儲けたいから危険を冒すのよ」

「だいたい、女によって相手にするクラスが決まってたのよ。黒人相手の女は、なんとなく仲間内でもばかにされてたりしたわね」

メリーさんはそのどぶ板通りの一隅に、自分の姿が映えるよう、きれいなウィンドウの前を選んで立っていた。警察がうるさいから街娼などいなかった頃に、おそろしく目立つ服装で立ったのである。

「流行のファッションなんか一切関係ないの。白い、いわゆるお姫様ドレスね。裾が長くて、手首のとこにレースがついてるような服。それでビーズのバッグを下げて、白いパラソルに扇、羽飾りのついた白かピンクの帽子をかぶって、きちんと背筋を伸ばして立ってるの。だから、ついたあだ名が皇后陛下」

故郷の村から神戸に出て、神戸から東京、そして横須賀と流れてきたこの頃、メリーさんはもはや三十を幾つか超えていたはずだ。

「でも、なんていうのかしらね。服装が変わってるからじゃなくて、たとえば若い女の中に混じったとしても、どこか違う雰囲気……オーラ？　そういうものがあったわねえ。どっかおかしがたい気品っていうか……。皇后陛下っていうあだ名は、服装のせいだけじゃなかったかもね。いえ、顔はまだあんな白塗りじゃなかったわよ。むしろ薄化粧だったと思うけど、色白できれいだったわねえ」

あだ名はあっても、ほんとの名前は誰一人知らなかった。彼女が誰とも話さないし、どの組織にも属さなかったからである。店に勤めている女たちでさえ一人六枚もの写真をあちこちに配って身の安全をはかっていたというのに、メリーさんはなんの庇護もなしに、危険な街娼を、そんな目立つ服装でやり通していたのだ。

「店で飲ませたりもせずにホテルへ直行する女は、ストレート・ガールって呼ばれて軽蔑されてたのよ。でも不思議と、メリーさんは軽蔑されもしなければ、表立っては意地悪もされてなかった。ちょっと頭がおかしいのかもって思われてたのかもしれないけど、なんかこう、みだりに触れちゃいけないみたいなとこがあったのよね、あの人には」

自分からは人に話しかけないが、人から、

「元気？」

などと声をかけられると、

「はい、おかげさまで」

と、ていねいな挨拶を返す。

「メリーさんはね、将校クラスしか相手にしなかったでしょ。もっと歳とって日本人に身を売るようになってからも、ネクタイ族を選んでたって話ね。それは彼女のプライドもあったかもしれないけど、そういう相手のほうが安全だっていう計算があったんでしょう。なにしろ一匹狼なんだから」

そんな計算ができたのだから、決して頭がおかしかったわけではないだろう。

いろいろな伝説はこのころからあった。夫はいたのだが東京で未亡人になったらしいとか、鎌倉に家があってそこ頃横須賀に通ってるとか、弟と暮らしていて彼を養ってるとか、母親と二人暮らしで、母親が死んでからもしばらく死体と一緒にいたとか、鎌倉の家で警察の手入れにあって全財産を没収されたとか——。

どれも噂に過ぎないが、警察に何度か捕まったことがあるのは事実だろう。横浜でも横須賀でも、街娼狩りは頻繁に行われていたのだから。

一九五八年、赤線が廃止になった。赤線とは、一九四六年のRAA解散後、GHQが進駐軍兵士の婦女暴行や街娼の横行にたまりかね、日本警察と相談して「ここからここまでの中では売春してもかまわない」と地図に赤い線を引いたことによる。その線で囲まれた場所を赤線地帯と呼んだ。

女を集めたと思ったら追い払い、追い払ったと思ったらまた集める。忙しいことだ。

今度は売春防止法が成立しての赤線廃止なのだが、需要と供給のバランスがとれている限り、買売春がなくなるはずもない。引き続き女たちは身を売った。メリーさんはこの二、三年後に横浜へ移ったようだが、そのことと赤線廃止が関係あったのかどうかはわからない。

＊

一九六〇年。メリーさんが横須賀から横浜へ移ったと思われる頃である。

何月だったか覚えていない。小学六年か、もしかすると中学へ入ったばかりの頃だったと思うのだが、関西の海辺の町に住むわたしは、初めてデモというものを見た。大人たちが隊列を組み、

「日米安保条約反対！」

と、叫びながら行進していく。わたしはわけがわからないまま、友達と一緒にそれを眺めていた。

日米安保条約というのは、日本とアメリカがいっそう仲良く付き合っていくためのものだ、と教えてくれたのは、近所のお兄さんだっただろうか。それとも学校の先生だっただろうか。

それを素直に信じていたので、よけいに混乱した。日本とアメリカが仲良くすることに、なんであの人たちは声を嗄らして反対してるんだろう。アメリカはあんなに素敵な国なんだから

もっともっと仲良くなりたいのに。仲良くしてれば、わたしだって将来、行けるかもしれないし……。

水平線の向こうにひたすら憧れる女の子は、むしろいやな思いで、そのデモ隊を見ていたものだ。

考えてみればこの安保反対デモに東京だけで三十万人以上もの人が参加できたのも、アメリカから民主主義が入ってきたおかげと言える。特高警察のある時代だったらデモなど命がけだ。そもそも、一般民衆が一丸となって御上にたてつき、革命を起こしたという歴史を日本人は持っていないのだから。

わたしの誕生日は一九四七年八月六日。二年遅れではあるが、広島の原爆記念日である。毎年、わたしの誕生日には戦争を忘れない人々が黙禱を捧げる。でももちろん、原爆はわたしにとって、非現実でしかなかった。日本の学校教育も、戦争のことなどほとんど教えなかった。韓国や中国では戦争における日本の行為について学校教育の中でかなり教え込まれるようだが、日本の教育ではアメリカの原爆投下もさらりとしたものだ。ことさら憎悪を植えつけるような教育は必要ないと思うが、このごろは、八月六日の黙禱の意味さえ知らない若者が増えつつあるような気がする。

ともあれ、五〇年代後半に入ると世の中は活気づいてきた。映画が大好きなわたしは、この頃というと、邦画が最盛期だったことをまず思い出す。わたしの住んでいた町には映画館が二軒あったが、洋画はあまり掛からず、邦画がおもだった。洋画は、ジョン・ウェイン主演の『リオ・ブラボー』しか観た覚えがない。

東映はちゃんばら物、日活はアクション物、東宝はサラリーマン物、松竹は文芸物、大映は時代劇と現代劇が半々、新東宝はお化け物など、それぞれカラーがあり、わたしはどれも観た。鉄くずだのビール瓶だのを拾い集めると業者が買ってくれるし、近所のお使いなどするとお駄賃を貰える。映画の入場料は安かったので、お小遣いなどなくてもそれでなんとかまかなうことができた。

『平凡』『明星』『近代映画』といった映画雑誌は貸本屋で借りて愛読していたし、図書館に行けばハヤカワ・ミステリも読める。うちにテレビはなかったが、よその家で時々観せてもらえる。毎日が刺激に満ちていた。

音楽方面ではプレスリーが登場し、ロカビリーが日本の音楽界をも席捲していた。一九五八年には第一回日劇ウェスタン・カーニバルが開催されている。

わたしたちより一回り早く青春を迎えた世代から、太陽族と呼ばれる若者たちが出現した。石原慎太郎の『太陽の季節』が芥川賞を獲り、新感覚の小説として大ベストセラーになったのが一九五六年。無軌道で、しかもそれが湘南の海を背景に絵になる――そんな小説の主人公に若者たちは憧れ、石原慎太郎の髪形を真似た「慎太郎刈り」なるヘア・スタイルが大流行した。そして都会的で野性的で、長い足を持つ弟、石原裕次郎が登場――。

裕次郎は金持ちで背が高くてラフなアロハ・シャツもタキシードも似合って、ヨットをあやつったりドラムを叩いたりする姿がさまになっている。それまでは、女性にもてる男といえばノッペリした美男子だったのに、裕次郎の登場で、従来のタイプはすっかり影が薄くなってしまったものだ。

テレビがラジオに代わって娯楽の主流になりつつあったが、『名犬ラッシー』『パパはなんでも知っている』『ローンレンジャー』などで観るアメリカを、石原兄弟は具現していた。日本人は彼ら二人に自分を重ね、さらに世界チャンピオンのプロレスラー力道山の活躍に熱狂しながら、これでようやく「四等国家」から抜け出せると歓喜したのである。

華やかなことが続いた。新安保条約は、東大生、樺美智子さんの死を踏みつけるようにして強行されたものの、その前年にはもうひとりの「美智子さん」が、初めて民間から皇室に嫁ぎ、その御成婚パレードを観ようというのでテレビが一気に普及した。

黄金の六〇年代がスタートしたのである。

じつはこの一九六〇年も、わたしの生まれた年と同様、ベビーブームの年と呼ばれている。皇太子と美智子さんにあやかって結婚したカップルが、続々と子供を産んだからだ。戦争がらみでやや暗いイメージだった皇室も、民間からのシンデレラ、美智子妃の登場でそのイメージを刷新することができた。

家庭の事情でわたしが東京へ出てきたのは一九六二年の夏だった。東京で暮らす！　なによりもそのことに、わたしは狂喜した。当時はまだ地方と東京の格差が大きかったから、まるで外国へ行くかのようなときめきがあった。

その前年に修学旅行で東京・横浜へ来ていたが、一番、心に残ったのは山下公園だった。戦後はここも接収されて金網で囲まれ、日本人オフ・リミットという状態だったこともあるが、もうこの頃は接収解除になっていたはずだ。ホテルニューグランドや銀杏並木の海岸通りを従え、山下公園はひたすらアメリカ的な明るさに輝いていた。図書館の窓から水平線を眺め、外国に憧れ続けてきた少女は思ったものだ。ここが外国への門なのだ。ここに来ればどこへでも行ける。どんな奇跡でも起こるに違いない。大人になったら絶対ここに住もう……と。翌年から東京に住むことになろうとは、その時、想像もしていなかったのだが——。

東京へ越してきた年、『ウェストサイド・ストーリー』を観た。映画史に残る傑作ミュージカル映画である。邦画ばかり観て育ったわたしだったが、いきなり洋画のパワーに圧倒されてしまった。

じつはこの頃から、テレビに押されて邦画は衰退し始めていた。テレビの台頭という事情はアメリカでも同じだったはずだが、ハリウッドはいまだに景気がいい。邦画は、もうかないません、おまかせしましたとばかりに国内でも洋画に席を譲ってしまい、その後もまだ往年の賑わいを盛り返してはいない。

映画といえば、亡き夫からこんな話を聞いたことがある。夫は日活アクション全盛時代の日活専属脚本家で、大ヒット作である小林旭主演の『渡り鳥シリーズ』『流れ者シリーズ』をはじめとして、石原裕次郎、赤木圭一郎、宍戸錠などの映画を書きまくっていたのだが、ハヤカワ・ミステリなどの翻訳ミステリーから構想をもらうことも多かったようだ。著作権などがまだしっかりしていない時代だったから、構想をもらうというより、勝手にパクるといったほうが正しい。

ある時、「これはいい!」と読み終えた瞬間ひらめき、彼が会社に企画書を提出したのが、イアン・フレミング作の『007シリーズ』。荒唐無稽、無国籍が売り物の日活アクションだったが、いくらなんでもこれはできないと、企画はボツになった。

「じつは、その時ボツになってほんとによかったんだよ」

と、夫は言ったものだ。

「翌年、ショーン・コネリー主演の『007は殺しの番号』が封切られたんだ。観てぶっとんだね。やらなくてよかった、やったら恥をかくところだったたって胸を撫で下ろしたよ。いや、無断盗用がばれるからじゃないよ。そんなことはどうでもよかったんだ。そうじゃなくて、映画に対するお金のかけかたが、ハリウッドはまるで違うってことがわかったんだよ。日本映画じゃ、たとえ映画全盛期でもああはできないもの」

007シリーズの第一作である『007は殺しの番号』が封切られたのは一九六三年である。ゴージャスでスピード感があり、俳優、映像、音楽とすべて揃った第一級の娯楽作品だった。お金がかかっているというのは、物理的な面だけではなく、才能にもたっぷりとお金を払っているという意味である。だからこそ、なにもかも第一級という作品を世に送りだすことができたのだろう。まだ邦画にも勢いがあった時代なのに、『ウェストサイド・ストーリー』に次いで、映画でもアメリカの威力を日本人は見せつけられたのである。

六〇年代の初めには、ツイストが大流行した。『ザ・ヒットパレード』『パント・ポップショー』『シャボン玉ホリデー』などのポップス番組では、中尾ミエ、園まり、伊東ゆかりの三人娘や、ころころ肥った弘田三枝子がツイスト・ナンバーを唄い踊っていた。ロカビリーに熱狂したのは、わたしたちより一回り上の世代だったが、この頃から流行り始めたアメリカン・ポップスは、わたしたちの世代のものだ。「ヘイ・ポーラ」「ワン・ボーイ」「ジョニー・エンジェル」「ヴァケイション」「ロコモーション」——オールディーズ・ナンバーとなったあの頃のヒット曲を耳にすると、いつだって甘くやるせない気分になる。

横浜へ移り住んだメリーさんは、どんな日々の中でこの弾けるような歌の数々を聴いていたのだろう。

＊

「根岸屋」という店が、昔、横浜にあった。場所は伊勢佐木町四丁目。終戦直後にでき、三十五年間続いた。戦後横浜の混乱期を象徴するような店であったらしい。わたしはもちろん本物を見たことはないが、黒澤明監督の名作『天国と地獄』に登場する。それに確か、柳葉敏郎主演で闇市時代の横浜を描いた『モロッコの辰』という映画でも、「根岸屋」は重要な舞台になっていたはずだ。

映画の画面で観る限り、たいそう広い店である。酒場兼食堂兼ダンスホールのような感じで二十四時間営業。酒も、洋酒、日本酒、中国酒となんでもあったが、なにより食べ物のメニューが豊富だった。寿司、各種丼物、カレーライスやスパゲティ、ビフテキなどの洋食、ラーメン、うどん、天麩羅、焼き鳥、雑煮と、ないものはないというほどだったらしい。

サラリーマン、ヤクザ、船員、そして浮浪者まで出入りする庶民の店で、外国人も多かった。国籍も、欧米人、中国人、韓国人など。よって、国際酒場と呼ばれていた。

エプロン姿の女給さんたちが、料理を運んだり客の相手をしたりするのだが、GI目当ての夜の女たちも大勢出入りしていた。昭和三十年代日活アクションの世界である。実際、日活アクションもどきの喧嘩沙汰もよくあったらしい。

横須賀から横浜へ流れてきたメリーさんが、一時、この店のそばのアパートに住んでいたと話してくれた人がいる。一九五四年から伊勢佐木町にある化粧品店「柳屋」の女主人、福長恵美子さんである。

明治から戦前まで映画館や劇場で賑わった伊勢佐木町も、戦禍が激しく、終戦後は、野沢屋、松屋などのデパート、不二家、オデオン座など、焼け残った建物はもちろんのこと、伊勢佐木町のほとんど全部が接収された。焼け跡に建ったバラックも米軍のブルドーザーになぎ倒され、周辺も、進駐軍のカマボコ兵舎、飛行場などになり、金網が張り巡らされた。有隣堂という横浜を代表する書店がいま伊勢佐木町にあるが、その場所は進駐軍のジープの駐車場だった。松屋や不二家がある大通りには街娼たちが出没する。そこへMPと加賀町警察がやってきて、懐中電灯片手に街娼狩りをするのを、福長さんは何度となく見た。逃げようとする女が駆け込んできたこともある。そんな時は裏口からこっそり逃がしてやった。ヒロポン中毒の女が、通りに倒れていたこともある。柳屋で化粧品を選ぶふりをして、外を通るGIを物色する女もいた。

いまも伊勢佐木町周辺には風俗街と呼ばれるところが多いが、この時代のなごりもあるのだろう。

伊勢佐木町の接収解除は一九五二年だが、柳屋が店を出した頃は、野沢屋デパートなど、まだ解除になってないところもけっこうあった。だからGIが多く、街娼も多い。麻酔なしで行われる中絶手術の酷さを話してくれた前出のDさんが、街娼たちのリーダー格として立っていたのもこの伊勢佐木町だ。

「ここはあたしたちの縄張りと決まってたのに、ある日、白いオーガンジーみたいな宮様ドレスを着た、真っ白な化粧の小柄な女が立ってるじゃない。昭和三十年代の半ば頃だったわね、確か。それでその女、じいっとあたしの顔を見てるのよ、穴があきそうなほど――。なに見てんのさ、あっち行ってよって言ったら、おとなしく行っちゃったけど、翌日また来てるの。なんと、あたしとそっくりに髪を金髪に染めて！」

メリーさんの想い出を、Dさんはそんなふうに語る。

GIたちが黒髪よりも金髪を好んだかどうかは知らないが、少なくとも、あの時代に日本女性が髪を金色に染めていれば、彼らの目を引くことは確かだろう。女のほかに女装の男娼も混じっての激しい客獲得競争だったから、Dさんは目立つための作戦として髪を染めた。メリーさんはそれをそっくり真似たのだ。

街に立つ仕事を、Dさんは「命がけだった」と言う。警察やMPに見つかったらしょっぴかれるし、客は捜さなきゃいけない、他の女にショバを荒らされてもいけない、四方八方、必死で視線を飛ばしながらの毎日だった。目立たなきゃ客は捕まえることができないし、目立ち過ぎてもまずいし、というわけだ。

なのになぜ、メリーさんは目立ち過ぎるほど目立つ姿で、見るからに街娼然として毎夜、立っていられたのだろう。

「どう見てもそう売れてるようには見えなかったから、あたしたちもまともな競争相手だとは見てなかったのよ。梅毒で頭がやられてるって噂もあったし……。もちろんそれは噂だけだったんだけどね。警察も同じだったんじゃないかな、ちょっと頭の弱い女だと思い込んで、かなりお目こぼししてたみたい」

　そんなわけで、この頃、メリーさんの商売はちゃんと成り立っていた。しかし黄金の六〇年代に突入すると、彼女ももはや四十代。決して若くはない。街娼としてはとっくに盛りを過ぎている。警察に捕まった回数は、その時までに二十回を超えているという話もある。

　Dさんのように戦後すぐから街に立った女たちも、六〇年代に入るとあちこちへ散っていった。もはや女として楽に売れる年齢ではない。Dさんのように自分で商売を始めた人もいれば、結婚した人もいるだろう。

　けれども、メリーさんは街娼であることをやめなかった。ショーウィンドウに自分の姿を映し、それに見入るのが大好きだったそうだが、そのたびに、「老い」を発見することにもなっただろう。彼女の化粧は年々、濃くなっていった。

　福長さんは当時を振り返って語る。

「あんなに真っ白に塗るんだから、さぞかし化粧品代がかかるだろうと、あたし、なんだか気の毒になりましてね、お祭りの時の芸者さんとか舞台に出る人なんかが使う、値段の安い練りおしろいを教えてあげたんですよ、ええ、そういうのがあるんですよ、資生堂から出てるので。それからずっと、メリーさんはそればっかり。アイラインもヘアダイ（髪の脱色に使ったらしい）もうちで買ってました」

「香水はシャネルの№5がお気に入りでしてね、あたし、毎年プレゼントしてあげてたんですよ。そのお礼ということでしょうか、松坂屋で買ってきちんと包装された刺繍入りのタオルを二枚……紅白のをね、暮れになるとお歳暮として届けてくれるんです。ママさん、これ、って嬉しそうに顔じゅうで笑って――。一度、シャネルじゃなくてロシャスの香水をあげたことがあったんです。その時はお礼を言ってもらえませんでした。好みじゃなかったのかもしれませんね。いくら人から親切にされても、お礼はするけど絶対に追従はしない人でしたから」

「白」に対する執着も、年々深まっていった。若い頃は白人の、それも将校クラスしか相手にしなかったというから、「白」は彼女にとって昔から意味のある色ではあった。それにしても異様なこだわりようである。白塗りは老いを隠すための厚化粧が高じたものだったとしても、髪、服、靴、手持ちの紙袋まで白一色。珍しく人に名乗ったと思えば、その名は「西岡雪子」である。

西岡というのがどこから出てきた姓なのかはわからないが、雪子はもちろん、真っ白な雪を想定してのことだろう。

メリーさんはなぜそんなに白を愛したのだろう。白い肌の人種になりたかったのだろうか。歳をとってからは、いたしかたなくという感じで日本人の男にも買われたが、敗戦でみじめさをさらけだした黄色人種、特に、女を守るどころか、相手の機嫌をとるため積極的に差しだした自国の男に対して、絶望と不信感を抱いていたのだろうか。

奇妙な話がある。メリーさんは毎年、皇居の一般参賀に行っていたというのだ。ちゃんと記帳までしていたという話もある。

天皇は日本の象徴である。少なくともメリーさんの時代の人にとっては、ある時期までそうだった。毎年、一般参賀に出かけるということは、彼女が日本という国になんらかのこだわりを持っていたと考えてもいいのではないだろうか。そのこだわりと、白―白人―アメリカに対するこだわりとは、どこでどう結びついて、どんなふうに異なるのだろう。

残念ながら、メリーさんが語ってくれない限り、その答えはわからない。

ともあれあの時代の横浜は、いや、日本全体が、「日本」を捨てるのに懸命だった。「戦後はもう終わった」という言葉が流行し、人々は意図的に前だけを、もっと言うなら欧米だけを見つめて突き進み始めた。

終戦直後をそのまま引きずっているメリーさんのような存在は、当然ながら嫌悪された。これまで何度となくそこで客を引いた店から力づくで追い出されたりしたようだ。辛いこと、心細いことは数限りなくあったに違いないが、彼女はそれを誰にも訴えない。この頃から野宿することも多くなったのではないだろうか。ゆっくり眠りたくなると、顔見知りのラブホテルなどに一夜の宿をとることもあったようだ。彼女が厚塗りの化粧を落とした後のバスタブは、洗っても洗っても化粧品の脂がとれなかったという。

弱いものを置き去りにし、みじめな記憶を意図的に忘れながらも、どん底から這い上がり、回復の一途をたどった昭和三十年代は、それにふさわしく華々しい話題満載で幕を閉じた。

東京オリンピック——日本初の、いや、アジア初のオリンピックである。それに伴って高速道路ができ、新幹線が開通し、都心には高層ホテルが幾つも建った。オリンピックに日本が投資した額は一兆円を超え、史上空前の規模だと諸外国を驚かせた。

またその投資に見合うだけの話題を、日本選手団も果たした。獲得メダル数は、金十六個、銀五個、銅八個。ことに話題を呼んだのが、団体優勝、個人優勝の体操と、「東洋の魔女」と世界の目を見張らせた女子バレーボールである。女子バレーボール・チームの監督である大松博文の「なせばなる！」という言葉が流行語となり、人々はあらためて、「そうだ、根性だ、頑張りだ、なせばなるんだから頑張ろう！」と、猛烈に働き始めた。おかげで経済は急成長し、おしゃれや旅行をする余裕もできてきた。この年、『平凡パンチ』が創刊され、メンズ・ファッションの「VAN」が提唱するアイビー・ルックが、若者たちをとりこにした。

この高度経済発展に拍車をかけたのが、ベトナム戦争の本格化である。朝鮮戦争、ベトナム戦争——アジアの血溜まりの中で、その血を吸って日本は肥っていった。六〇年代後半に入り十代の半ばを過ぎたわたしたちの世代も、少しずつそのことに気がつき始める。

しかしまだ繁栄をむさぼることに夢中だった。何歩か引いたところから眺めなおしてみようという余裕はないまま、黄金の六〇年代前半から狂乱の後半へと、わたしたちはけたたましくなだれこんでいく。

7　本牧スター・クレイジー

高校生の頃、親に内緒でこっそり観にいった映画が三本ある。『ビートルズがやってくるヤァ！ヤァ！ヤァ！』『アイドルを探せ』。もう一本はタイトルを忘れてしまったが、モンキーズ、アニマルズなど、あちらのグループが次々と出てきて唄う音楽ドキュメント物だった。じつは、ほんとに観たくて学校をさぼってまで独りで映画館へ観にいったのは、後者二本である。『アイドルを探せ』は、フランスのアイドル歌手だったシルヴィ・ヴァルタンの、まるで妖精のような美しさに夢中だったから。タイトルを忘れたほうは、いつもラジオで歌だけを聴いているグループの、動いている姿を観たかったから。

ビートルズの『ヤァ！ヤァ！ヤァ！』は、友達との付き合いで行った。もちろんビートルズはわたしも大好きだったのだが、問題はその鑑賞スタイルだ。スクリーンに向かって、「きゃーっ、ジョージィ！」とか「リンゴォ、好きぃー！」などと叫ぶのが、正しい鑑賞の仕方だった。その時、涙を流すとさらによしとされる。案の定、一緒に行った数人の友達はそれをやった。わたしはジョージ・ハリスンのファンではあったが、どうしても泣いたり叫んだりはできなくて、「あんたなんか、ほんとのファンとは言えないわよ」と軽蔑された。

「まあ、小説家になったの？　そういえばあなた、あの頃から、どことなく冷めたところがあったもんね」

何年か前、高校の同窓会でそう言われたことがある。「冷めた」などという言葉は、こういう職業に就いたからこそそれらしく思われただけで、もちろんわたしは冷めてなどいなかった。冷めるほど世の中を知ってはいなかった。ただ、泣いたり叫んだりするほどなにかに熱中することもなく、またそれほど感情をあらわにする勇気もなかっただけのことである。映画もこの三本以外、なにも観ていない。これはまあ、お小遣いが少なかったという事情もある。子供の頃のように鉄屑拾いで入場料を稼ぎだすというわけにもいかなかったし、生徒たちの行動にうるさく目を光らせる親や学校に隠れてまで、観に行きたいとも思わなかった。

本もまったく読まなかった。記憶にあるのは、『ロリータ』と『橋のない川』のみ。両方とも誰かが教室に持ってきたもので、順繰りに廻ってきたから読んだだけである。『ロリータ』は中年男と少女の性愛を描いたもので、ポルノ小説的な話題をよんだベストセラーだ。いま読むと性愛描写などどうということはないし、当時としても特に衝撃は受けなかったように思う。不良になる勇気もない少女は、大人に見つかるとまずいものをこっそりと読むこと自体に、ささやかなスリルを感じていたのだろう。

『橋のない川』は住井すゑ作の大河小説で、部落差別をテーマにしたものだ。小説として非常におもしろかったので、順番が廻ってくるのを待ちかねて読んだし、部落差別というものがあることをこれで初めて知った。

だからといって、なにか行動を起こしたわけでもなく、社会に対する考え方がいきなり変わったわけでもない。わたしはまったく体制からはみださない、普通の女の子だった。育った家庭環境が複雑だったので、「普通」に対する憧れも強かった。三歳の時に親が離婚し、父方に引き取られたものの、父親も蒸発。十五歳で実母の住む東京に出てきた。すぐに神奈川県へ引っ越したので、高校は川崎にある神奈川県立高校に入った。

新設校だったので、先生達はなんとか「立派な高校」にしようと必死だった。同区域の他の県立高校と較べて、とりわけ校則が厳しかったという印象がある。制服のスカートは襞の数まで調べられたし、裾の広いラッパズボンが流行った時は、朝、校門の前で先生が待ち構えていて、ズボンの裾をメジャーで計ったりもした。

喫茶店へ入ることなどもってのほかで、あんみつ屋へ行っても、見つかれば叱られたものだ。茶髪は当時いなかったが、パーマも厳禁だった。もっとも、あの頃の高校生は一部を除いて、おしゃれができるほど金持ちではない。高度成長期とはいえ、親もまだまだ余裕がなかったから、子供にそれほど贅沢はさせなかった。わたしは安物のレコード・プレーヤーを持っていて、それでドーナツ盤のビートルズやシルヴィ・バルタンを聴いていたが、それはみな、夏休みや冬休みにアルバイトをしたお金で買ったものだ。

この頃、日本の歌謡界では、橋幸夫、舟木一夫、三田明などの人気が高かったが、わたしはラジオの深夜放送で聴く洋楽にしか興味がなかった。エレキ・ギターが流行っていて、地味な我が校にも二つばかりバンドがあったようだ。

高校三年生の夏あたりまで大学進学をめざしていたが、母がわたしの将来に関してころころと方針を変えることに嫌気がさし、きっぱりとやめてしまった。正直に言えば、勉強も嫌いだったのだ。大学へ行かなかったのは自分にとって間違った選択だったと後年、思い至ったが、その時はとりあえず受験勉強というものをしなくてよくなった分、さっぱりと身軽になり、嬉しかった。狭い日本になどいないで、早く海外へ出かけたいと、地に足のつかない夢ばかりみていたものだ。

わたしのうちは川崎市の鷺沼というところにあった。いまでこそ田園都市線の通る瀟洒な住宅地だが、当時は南武線溝ノ口からバスで二十分くらいも入った畑と田んぼばかりの田舎だった。そこからほんの時たま、夢の玄関口である横浜へ独りで出かけていった。

山下公園を歩き、港の見える丘公園から山手の住宅街へと入る。元町は見てもしょうがない。そこには、きれいな物、おもしろそうな物がたくさんあるだけに、なにも買えないことが辛くなるから。

その頃、横浜は戦後で最も華やかな時代を迎えていたのだが、外をそっと通り過ぎるだけのわたしには、伺い知るよしもない。そうした地味な思春期をおくる「イモな」女子高生に較べて、後にゴールデン・カップスとなる少年たちの日々は、横浜そのもののようにきらめいていた。

＊

日本に来るベトナム帰休兵たちの大半は、短い休暇を、女と音楽に身を浸して楽しむ。

「どこが一番ホットだって？」

「もちろんホンモクだよ」

立川や厚木など、飛行場のある基地では、まるで合言葉のように、そんな言葉が飛び交っていたという。

終戦後、横浜は市の六十二パーセントを接収されていたが、横浜の中でも、本牧は最大接収エリアとなっていた。しかも一九八一年に基地が返還されるまで、三十六年間の長きにわたって、日本の中のアメリカであり続けたのである。

七万七百七十六・八平方メートルという広大な土地が、横浜・横須賀の米軍施設に勤務する軍人、軍属とその家族のためにあてられた。フェンスで囲まれ、一面に芝生が植えられたそこには、九百十戸の木造二階建て住宅、発電所、学校、映画館、ボーリング場、銀行、ストア、教会、郵便局などが造られ、ゲートには、「日本人立入禁止」の表示が英語と日本語の両方で掛けられた。よく言われるところの、「フェンスの向こうのアメリカ」である。もとから本牧にいた人たちにとっては、屈辱以外のなにものでもなかっただろう。話し合いもなにもなく土地を奪い取られ、こっちは食うや食わずだというのに、相手は目の前で贅沢三昧を始めたのだから。

しかし嘆いたり悔しがったりしていても始まらない。それなら彼らを相手に儲けるしかないじゃないかとばかりに、クラブ、レストラン、喫茶店などが建ち並んだ。そこから流れる音楽は、米軍兵士や基地の慰問に来るミュージシャンが持ち込んだものだ。まだ東京にも届いていない。本牧一丁目の「ゴールデン・カップ」も、そうしてできた店のひとつだった。経営者の上西四郎さんは京都の出である。もとは洋服を商っていたが、その商売がうまくいかず、見知らぬ土地でなんとか一旗上げようと、新しい街、本牧にやってきた。一九六五年末のことである。

GIたちはなによりも音楽を欲しがる。生の熱い雰囲気を欲しがる。ジューク・ボックスはあるが、やっぱりエレキ・バンドのライブがいいかもしれないと上西さんは考えた。

この頃、エレキ・バンドは全国的な流行りだったが、横浜にはアマチュア・エレキ・バンドが数えきれないほどあった。セント・ジョセフ、フェリスなどのアメリカン・スクールもあり、アメリカ式に高校生、大学生のパーティも頻繁に行われていたから、上手なバンドはそのパーティに呼ばれてセミ・プロ的な演奏活動をしていたようだ。わたしのような、川崎の田舎にいた真面目な高校生には思いもよらぬ世界である。

この頃にアマチュアでバンドをやっていたという人たちが、中年になったいま、再び趣味として「サーフ・ライダーズ」というバンドを組み、週に一回、集まって練習したり、ライブハウスで演奏を聴かせたりしている。大企業の部長、会社経営、焼肉屋、フリーのイラストレーターなど職業はさまざまだが、みな、わたしやゴールデン・カップスのメンバーだった人たちと同年代である。

メンバーの一人の店である焼肉屋に集まって、彼らが当時のことを語ってくれた。

「ああいうバンドをアマチュアで作ったのって、横浜が初めてだったんじゃないかな。いまと違って洋楽の入り方に時差があったからね、同じ日本の中でも。横浜はどこよりも早かった。東京より半年、いや、へたすると一年くらい早かったと思うよ」

「アメリカン・スクールのバンドと一緒にやったりしたね。練習する場所がなくてさ、できたばかりのマリンタワーの三階でやったりして……。展望台みたいになってたの、そこが」

「けっこう、あちこちからお座敷がかかったねえ。ゴルフ練習所にあったレストランとか、大学のダンス・パーティとか高校生が会館借りてやるパーティとか。パーティ券は一枚三百円から千円くらいまで。バンドのギャラは二万円くらいだったかな。主催者がピンはねしたり、パーティ券が偽物で、行ってみたら誰もいなかったなんてこともよくあったんだよね」

「横浜だって、高校はけっこううるさかったんだよ。バンドやってるからって停学とか退学になった生徒もいるんだから。でも、そういうパーティから、ファッションもダンスのステップも歌も生まれていった。あの頃、流行は完全に横浜がリードしてたもの。東京のやつなんて、みんな田舎者に見えた。そう、横浜はファッションも音楽もエリートでしたねえ」

「音楽覚えるのに楽譜なんか見ませんよ。みんな耳で聴いて覚えて演奏するんですよ。だってあの頃は、いまと違って、ピアノだのヴァイオリンだの習ってた子って少ないでしょ？　楽譜なんて読めないもん」

「みんな、子供の頃、ロックン・ロールの薫陶を受けて、それで音楽少年になったんだよね。それと、なんといってもバンドやってると女の子にもてるから」

「でもやっぱり、楽器が必要だから音楽やるのはお金がかかったんですよ。楽器、買えなくて盗んだこともあるもの。その点、エディ藩なんかは金持ちの息子だから、アマチュアでも凄いギター持ってた。向こうのプロが使うもので、まだ日本には入ってきてなかったやつ」

「ぼくらはね、日本にレコードが入ってくる半年くらい前に、カセット・テープでビートルズを聴いたんです。だからいち早くビートルズも演ったね」

「米軍基地でも演奏しましたよ。あそこは日本じゃなかった。いま思うとハワイみたいな感じだったなあ。白人の持ってるレコードは、三分の一がカントリー。それって、日本でいえば演歌みたいな感じなんでしょうね」

「米軍のＥＭクラブとか、海岸通りにあったゼブラ・クラブなんかには本場の有名ミュージシャンも来てたみたいですね。でも日本人は入れなかった。ベースでは江利チエミとか雪村いづみなんかも唄ってたことがあるんじゃないかな」

「伊勢佐木町に『ピーナツ』という店があったんですよ。ジャズ喫茶の老舗っていうのかな。地方のバンドなんかはまずここを経由して東京にデビューしたわけですね。当時、こういうところは聴くだけで踊れなかったの。踊るのはダンスホール。ロックを聴いて踊れたのは、本牧の『イタリアン・ガーデン』とか、『ゴールデン・カップ』ね」

数あるアマチュア・バンドの中でも、双璧が、デイヴ平尾のいた「スフィンクス」と、エディ藩のいた「ファナティックス」だった。この二つのバンドはパーティの売れっ子で、アマチュアとはいえ、彼らに出てもらうのはたいへんだったらしい。もちろん他のアマチュア・ミュージシャンにとっても憧れの的だった。

「やっぱり、ゴールデン・カップスが世に出た時は羨ましかったですよ。横浜にはアマチュア・バンドがいっぱいあったのに、プロになってメジャーになったのって、結局、ゴールデン・カップスとジャガーズくらいでしょ?」

後にゴールデン・カップスのメンバーとなる柳ジョージも、自伝『ランナウェイ——敗者復活戦』の中でこう語っている。

バンド・ホテルに出ていたファナティックス。バンド・ホテルのパーティっていうと必ずファナティックスが演ってた。

もうひとつはスフィンクス。デイヴ平尾という男がリーダーでボーカル。

この2つのバンドだけは一目置かれていた。

進んでたよ。奴らがやってるのはR&B。リズム・アンド・ブルース、おれたちはアール・アンド・ビー・ビーといっていた。

世間がまだビートルズだローリング・ストーンズだといってるころR&Bをやってるんだから、おれたちにとっては新鮮なショックだった。


そういうこともあって、店に専属バンドを入れると決めた時、上西四郎さんはデイヴ平尾に声を掛けたのだ。当時はまだ平尾時宗である。

「平尾君は熱心にこの店に来てレコードを聴いてたねえ。ほら、ここはいち早く新しいレコードが入ってたから」

何度も通ってレコードを聴き、耳で覚えて唄ったり演奏したりするのである。

アメリカで四ヵ月も音楽を聴きまくってきたばかりの平尾は、これは日本一のバンドを作るチャンスではないかと考えた。そこで、「ファナティックス」の人気ギタリストであるエディ藩と相談して、これ以上はないという精鋭を集めにかかったのだ。平尾もエディ藩もいろんなアマチュア・バンドに在籍しているが、一時、同じバンドにいたこともある仲だ。アメリカでも会っているし、「アマチュアの双璧」という互いの評判もよく知っている。

そうやって決まったのが、ヴォーカル・平尾時宗、リードギター・藩広源、ベース・加部正義、サイドギター・ケネス伊東、ドラムス・三枝守というメンバーだった。

加部正義が自分も音楽（ロカビリー）をやりたいと思ったのは中学二年の時。セント・ジョセフのフェルナンデスという先生にギターを教わった。高校は武相高校だが、そこではもうアマチュア・バンドの一員となり、基地で演奏してギャラも貰っていた。当時、アマチュア・バンドの登竜門だった『勝抜きエレキ合戦』というテレビ番組があったが、そこでバンドとしては優勝しなかったものの、個人賞を獲得している。そのいかにもハーフなルックスとあいまって、彼はすでに横浜のアマチュア・バンド周辺では有名な存在だったようだ。


「いまでもだけど、ヨコハマでも評判の美少年だったのよ。中学のひけどきに、門のところで女の子の集団が待ちぶせしてたんだって、まだバンドはじめないときからファンがついてたのよ。実物は、写真よりもっとすごいわよ。カラー・ヴァリエーションが」

（鈴木いづみ『ハートに火をつけて！』より）


さもありなんという感じだが、ルイズルイス加部本人はこう言う。

「外人っぽい外見でしょ？　あの頃の日本人の女の子は、怖くて近づけなかったみたい。でもアメリカン・スクールの女の子には、よく待ち伏せされて、付き合って下さい、なんて言われたね」

ケネス伊東はアメリカ国籍である。背も低く、ころんとした体型だが、ギターと歌のうまさで知られていた。ケネスと一緒に演ることは、みんなの憧れだったという。

三枝守はもともと楽器ではなくヴォーカリストだった。平尾を除く他のメンバーはギターの腕前で有名だったが、三枝守の場合はドラムスで名をはせていたわけではない。でもルックスは素晴らしくいいし、横浜的雰囲気も十二分に備えていた。だから平尾がぜひにと推薦してメンバーに入った。

こうして、「平尾時宗とグループ・アンド・アイ」というバンドが誕生した。

＊

「ゴールデン・カップ」の営業は午後六時から朝の五時までだが、平尾時宗とグループ・アンド・アイの演奏は午後八時から十一時まで、毎晩。四十分演って二十分休み。ギャラは五人で二十万円。一人頭四万円だが、なにしろ公務員の初任給が二万円ちょっとの時代である。高校生や大学生のアルバイトとしては、破格の金額だっただろう。

「あの頃が、収入としては一番良かったかもしれないね。高校へタクシーで通ってたんだか

ら」（ルイズルイス加部）

平尾時宗とグループ・アンド・アイは、一ヵ月たつかたたないかで有名になった。車とダンスで有名な「ナポレオン党」を筆頭に、当時、本牧にたむろするグループが幾つかあったが、彼らを中心に口コミでたちまち広がったのだ。

石原裕次郎が超人気だった頃、エリート・アウトローを気取る若者たちのメッカは湘南海岸だったが、今度は本牧だ。どこにもないホットな音楽を聴き、アメリカナイズされた雰囲気を味わうため、夜ともなれば芸能人やマスコミ関係者が東京から車を飛ばしてきた。

ゴールデン・カップスでリード・ギターをやっていたエディ藩には、昔からあこがれてた。おれたちがムーをやってるころ、伊勢佐木町のマルゼンっていう楽器屋さんで、よくエディ藩を見かけた。

店頭で、ちょっと弾いたりしてる。うまいんだ、これが。すごいなあ、そういうほかなかったね。あのころ、フェンダーのジャズマスターを持って弾いてるのは、エディ藩だけだった。

本牧のクラブ、ゴールデン・カップにブルー・コメッツやスパイダース、内田裕也さんなんかが来て、カップスの演奏、ジーッと見ていたっていう風景、おれは忘れられないんだ

（柳ジョージ『ランナウェイ――敗者復活戦』より）

遊ぶところなら東京にもたくさんあったはずだが、最先端の音楽は本牧、中華街でなければ聴けなかったし、もっとも洗練されたファンションは元町でなければ手に入らなかったのだ。「ゴールデン・カップ」の客はほとんどがGＩだった。アメリカ人を相手にロックを演奏し、英語で聴かせるのだから、かなりの水準が要求される。これからまた戦地へ出ていくわけだから気も立っている。へただと容赦のないブーイングが飛んでくる。メンバーで英語ができたのはケネス伊東とエディ藩だけだったが、唄うのは平尾だ。

「デイヴは英語ができて歌ってるわけじゃないからなんだか見てて落ちつかなくて……。ケネスも時々唄ったんだけど、彼が唄うとほっとしたもの、ちゃんと本物の英語で唄ってるんだ、と……」（ルイズルイス加部）

しかし平尾は持前の度胸と黒人っぽいノリの歌唱力で、言葉のハンディを見事クリアした。

「ステージなんてものはなくて、客席と同じフロアで、適当にアンプに坐ったりなんかして演奏してたけど、それがまた良かったんだね。ほんと、よく客が入ったもん。客同士の喧嘩？　そりゃあったよ。白人と黒人がね、プレスリーやるかR＆Bやるかでもめるわけ。それでふたてに別れて派手に乱闘したりとかね。バンドにからむなんてことはなかったと思うけど」

と、上西さんは当時を振り返る。

本牧でGIたちに群がる日本女性は、もはや生活のために身を売るパンパンではない。彼らと楽しく遊びたい素人の女性たちだ。六〇年代はまだ、日本人よりGIのほうがお金を持っていた時代だから、遊んでお金を払うのは、日本女性ではなくGIのほうだっただろう。

二年間弱、平尾時宗とグループ・アンド・アイは「ゴールデン・カップ」の専属バンドだった。その間に東芝レコードからスカウトされ、一九六六年の十二月、プロ・デビューする。

＊

あの頃は、とにかくビートルズだった。ローリング・ストーンズもベンチャーズもビーチ・ボーイズも人気はあったが、ロックなど聴いたことがない人々、それどころか毛嫌いしていた人にまで名前を知られていたのは、ビートルズだけである。

そういえば、あの時点からこれを書いている現在に至るまで、ビートルズほど「知らない人でも知っている」という現象を巻き起こしたスターはいない。もっと前にはいた。「アラン・ドロンみたいな」と言えば、映画など観ない人でも美男のことだとわかったし、エリザベス・テーラーと言えば美女の代名詞だった。オードリー・ヘプバーンやブリジット・バルドー、ジョン・ウェインなども、そうした存在だった。

しかしいまは、マドンナやレオナルド・ディカプリオがどれほど世界的なスターであろうと、たとえば音楽にも映画にも興味がない人にはわからない。代名詞として一般化するほどではない。ビートルズ以降で、日本人にもっとも知名度が高かった外国人は、芸能人ではないがダイアナ妃くらいではないだろうか。

あの頃、エレキ・ギターをやっていた子もいない子も、大人たちの顰蹙を買いながら、ビートルズを真似てマッシュルーム・カットにしたがった。その髪を振り乱しながら、モンキー、サーフィン、ゴーゴーなどを踊った。一世代前のエルビス・プレスリーと同様、ビートルズは世界的な社会現象になり、音楽というジャンルを超えて文化を塗りかえた。イギリスに多大な経済効果をもたらしたというので、エリザベス女王から勲章まで授与されている。

しかし大半の日本の大人にとって、ビートルズは「不良」でしかなかった。いや、ビートルズに象徴される若者たちの、これまでにないエネルギーの爆発を、そして自己主張を、大人たちは恐れたのだろう。

ここでいう「若者たち」は、わたしの世代である。いわゆる団塊世代とその前後。だから「大人たち」は、わたしの親の世代だ。つまり、国家とか親とか、絶対的なものに従って、好むと好まざるとにかかわらず戦争にまで行った世代である。この世代は、多くの人が自分の人生を国家や親の判断で決定づけられた。たとえば、わたしの母なども、一度しか会ったことのない相手と、親が決めたからという理由で結婚している。考えられないようなことだが、その時代としてはさほど珍しいことでもない。

だから大人たちは、自分たちとは異質の子供たちを必死で抑えにかかった。まだ親がかりのくせに、髪形、服装、嗜好の自由を主張する若者たちに、脅威と同時に羨望を覚えたのだ。

一方、若い世代による反戦運動も、ここへきて盛り上がりつつあった。激化するベトナム戦争に業を煮やし、アメリカではジョーン・バエズ、ボブ・ディランといった、反戦を真っ向から訴える歌手たちが登場している。この頃、ベトナム派兵軍は四十七万五千人。朝鮮戦争を上回る数の兵士が戦地へと送られていたのだから、反戦運動が起こるのも無理はない。日本でもベ平連がデモを繰り広げている。

でも日本では、戦争や平和を折り込んだメッセージ・ソングは、まだ生まれていなかった。ボブ・ディランやピーター・ポール・アンド・マリーの歌などを、日本語に訳して唄うフォーク歌手やグループがあったのみである。しかしこのアコースティック・ギター組は、激しいビートと官能的なリズムを持ったエレキ・ギター組に、たちまち押しやられてしまった。不良と呼ばれながらも少年たちはエレキ・グループを組み、そこから次々とプロ・デビューしていったのである。

遊びで歌や演奏をやっていたアマチュアたちが、大量にプロへと移行するなどという現象は、日本の歌謡史始まって以来のことではないだろうか。

同じ頃、加山雄三、マイク真木といった人たちもブームを巻き起こしている。歌手がレコード会社のお仕着せではなくて自作の歌を唄う、つまりシンガー・ソングライターというありかたもこの時代に始まった。

名の通ったGSで最初にデビューしたのは、ビートルズの来日公演の際、彼らと武道館で共演したブルー・コメッツだった。ブルー・コメッツというグループ自体は一九五七年に誕生している。が、その後、メンバーの入れ替わりなどがあり、全盛期の顔触れに落ち着いたのは一九六五年。それまでは歌手のバック・バンドを務めていたが、「青い瞳」というオリジナル曲のヒットでGSのさきがけとなった。

彼らは後続のGSに較べると年齢も上だし、イメージも「大人」である。短く切ってぴしりと撫でつけたヘア・スタイル、背広にネクタイ。真面目なサラリーマンといっても通りそうな外見だった。

GSとしてのブルー・コメッツがスタートしたのと同じ年にスパイダースがレコード・デビューして、「フリ・フリ」をヒットさせている。

翌一九六六年はビートルズの来日公演という大事件があった年だが、GSのレコードデビュー・ラッシュが始まった年でもある。サベージ、ヴィレッジ・シンガーズ、ワイルド・ワンズ、そして六七年にはタイガース、ジャガーズ、バニーズ、モップス、テンプターズなど。ちなみにこの年のレコード大賞はブルー・コメッツの「ブルー・シャトー」だった。

＊

ゴールデン・カップスが初めてテレビに出演したのは、TBSテレビの『ヤング720』だった。本牧を拠点とするグループ「ナポレオン党」を取材に来た番組スタッフが、「ゴールデン・カップ」に出ている平尾時宗とグループ・アンド・アイを見て興味を持ち、出演させた。

彼らをプロ・デビューさせた東芝レコードは、グループ名を、彼らが専属バンドだった店名からとって、ゴールデン・カップスと決めた。メンバーたちはこの名前が気にいらなかったようだが、結局、押し切られてしまったようだ。

まあ名前なんかどうでもいいや、と思っていたふしもある。もともとお金にそう不自由しない家の子供たちだったし、高校生の頃から並のサラリーマンより稼いでいた。働かなければとか、将来を賭けて、という気持ちなど、誰も持っていなかった。遊びの延長に過ぎなかったのだ。

もうひとつ。会社側はメンバーの国籍が日本だけではないことに目をつけた。ケネス伊東はアメリカだし、藩広源は台湾だ。加部正義は日本国籍でも一目でそれとわかる混血児。三枝守も背が高く目鼻立ちのはっきりした顔立ちで、混血と言っても通る。そこで、「メンバー全員が混血」というコンセプトで売り出すことになった。それでこそ、国際都市横浜出身のグループとして、よりインパクトがあるのではないか——と。

ちょうどそのころ、前田美波里を起用した資生堂のポスターが大評判になり、混血児ブームが起きつつあった。混血はハーフと呼び変えられ、エミー・ジャクソン、青山ミチ、ゴールデン・ハーフなどの歌手、タレントがその後、相次いで登場し、『ａｎ・ａｎ』『ｎｏｎ・ｎｏ』といったファッション誌では、青山エミ、秋川リサ、キャシー中島、山本リンダといったハーフがモデルとして活躍した。一九六五年創刊の『平凡パンチ』も、グラビア頁の女性はハーフか白人女性ばかりだ。

ついこのあいだまで差別の対象でさえあったのに、成長した混血児は欧米礼賛の風潮にのり、容姿の欧米っぽさ、リズム感の良さなどで、今度は憧れの対象になったのである。全員ハーフ、ということにされてしまったゴールデン・カップスは、まさしくあの時代の象徴と言えるだろう。

名前もそれらしく変えられた。ケネス伊東はそのままだが、他のメンバーは、平尾時宗がデイヴ平尾。さすがに彼の場合はちゃんと日本人になっている。藩広源はアメリカン・スクール時代に受けた洗礼名エドワードからとってエディ藩。国籍はイギリス。加部正義は見たこともない実父の姓からとってルイズルイス加部、国籍は、ある資料ではアメリカに、また別の資料ではフランスになっている。三枝守はマモル・マヌー。マヌーというのはハワイの国鳥の名なのだという。彼は国籍は日本だがアメリカ人との混血ということになった。あとから入ったミッキー吉野まで、日系ハワイ三世になっている。

ちなみに、メンバー同士、それに幼なじみたちの間では、いまでも「時さん」「コーちゃん」「マー坊」「マモル」「ミッキー」と昔のままで呼びあっている。ケネス伊東の愛称は「ブッチ」。

当時から肥っていた。

一九六七年、「いとしのジザベル」でレコード・デビューしたゴールデン・カップスは、「銀色のグラス」を続けてヒットさせ、六八年の「長い髪の少女」で、たちまちブルー・コメッツ、スパイダーズ、タイガースの御三家に次ぐ人気GSとなった。同期のデビューはショーケンこと萩原健一のいたテンプターズ、それにフォーリーブスである。

「元町の『ジャーマン・ベーカリー』の二階で食事してたんだよね。で、ふと窓から下を見ると、女の子がいっぱい集まってんの。どんどん数が増える。あれ、今日はなにかあるのかねえ、なんて言ってたら、なんとそれが俺たち目当てだったたんだよね。外へ出たとたんにあちこちから触られたり引っ張られたりして、シャツは破けるわで、えらいめにあっちゃった」(エディ藩)

女の子にもてるのは気分良かっただろう。たぶん偽悪的なニュアンスはあるにせよ、エディ藩は言っている。

「ギターやったのは、ひとえに女にもてたかったからだね」

まだ子供から抜けきっていないような年齢だというのに、どこへ行ってもVIP待遇。お金も、はたで想像するほどではなかったにせよ、その年齢の普通の若者からすれば夢のような金額が入ってくる。スターになるのは素晴らしいことだ。

だが不満はもちろんあった。あったどころではなく、人気のGSの中では、一番不満度が高かったかもしれない。言い換えればわがままで、実力を過信するあまりプロ意識が欠如していたのだ。

*

彼らの代表的ヒット曲を見てみよう。「いとしのジザベル」は作詞・なかにし礼、作曲・鈴木邦彦。「銀色のグラス」は作詞・橋本淳、作曲・鈴木邦彦。「長い髪の少女」は作詞・橋本淳、作曲・鈴木邦彦。「愛する君に」は作詞・なかにし礼、作曲・村井邦彦。

なかにし礼も橋本淳も鈴木邦彦も村井邦彦も、当代一流のヒット・メーカーである。が、ゴールデン・カップスの嗜好はあくまで洋楽だった。それも当時の洋楽ファンがビートルズに血道を上げていた頃、彼らはすでにオーティス・レディングなどのリズム&ブルースをやっていた。ヤードバーズ、クリーム、ゼム、ヴァニラ・ファッジといったブルース・フィーリングを強く持ったロック・グループも、彼らのお気に入りだった。

彼らには、米軍基地と直結してアマチュア時代からどこよりも誰よりも早く欧米のヒット曲をカバーしてきたというプライドもある。しかも単なる物真似ではなく、独自のR&B感覚、いわば横浜R&Bとでも呼べるようなオリジナリティをすでに持っている。レコード会社は、洋楽をヒットさせるためにゴールデン・カップスを利用した。あちらでヒットの気配はあるが日本ではまだ誰も知らないという曲を、ゴールデン・カップスにステージで唄わせるのだ。テンプテーションズの「マイ・ガール」などがまさしくそのケースで、狙いどおりこの歌は日本でも大ヒットした。

「長い髪の少女」がどれほどヒットしようと、演るのはテレビでだけ。ステージでは決して演らなかった。「長い髪の少女」を唄っているのはマモル・マヌーだが、ステージでヴォーカルをとるのはデイヴ平尾ひとり。唄うのはもちろん欧米のヒット曲だ。勢いに乗って発売されたオリジナル「愛する君に」「本牧ブルース」も、当時のメンバーのインタビュー記事を読むと、「いい曲ですね」などと言っているのはデイヴ平尾くらいなもの。あとのメンバーは堂々と「おれたちがやる曲じゃない」「レコード会社から押しつけられたからやるだけ」「つまんない歌だ」などと答えている。どちらも、なかにし礼、村井邦彦というヒット・メーカーの作品である。芸能界の恐ろしさを知らないということもあっただろうが、傲岸不遜と言われても仕方がないだろう。そのつけは、売れなくなってからたっぷりと払わされたに違いない。

本牧の「ゴールデン・カップ」で唄っていた頃、喋りの得意なデイヴ平尾を除いて、メンバーの無愛想なことはよく知られていたが、アイドルになってもそれは変わらなかった。アイドル雑誌のグラビアに登場するときは要求に沿って笑顔もつくるが、ステージでの演奏中は無表情。それどころか、背中を向けたまま演奏することさえあった。インタビューも気が向かないと直前になってキャンセルする。あろうことかステージまですっぽかす。

「だって、まるっきり自分の時間がないんだもん。恋人がいたけど、デートする時間もくれなかったから」

すっぽかしの常連だったルイズルイス加部は言う。それなら黙ってすっぽかしたりしないでプロダクションと話しあったらどうだ、とか、人気者になるというのはそういうものなんだ、という理屈は、当時の彼に通じるものではない。

「まあ、子供だったんだろうね。ずっとこの仕事をやってくとか、周りに迷惑かけるとか、あんまり考えなかった。当時、ロックは若者文化だったから、三十過ぎてもロックやるなんて夢にも思えなかったし……。でも実際には、ローリング・ストーンズもいまだに健在なんだよね」

ルイズルイス加部はそう言って苦笑する。

「マモル・マヌーもね、稼ぎ時のクリスマスに、ぼくはクリスチャンだからクリスマスに仕事はしないって、平然と言うんだもの」(元マネージャー、原一郎氏)

「ほんとにわがままだらけのメンバーでしたよ」

と、当のマモル・マヌーも言う。

「それぞれ自分のやりたいものをやってましたね。マー坊はいまで言うヘビ・メタ好き。ぼくはクリームとかね。ブッチ(ケネス伊東)なんか演りたいもののことでもめると、おまえら日本人は真珠湾でなにやったんだよ!　って、こればっかかし」

ステージの上で派手な喧嘩が始まることもあった。エディ藩とマモル・マヌーの衝突が多かったようだ。

メンバーのプレイヤーたちがそれぞれ「天才」の呼び名をほしいままにしていたのに対して、マモルはドラマーとしての自分にいまひとつ自信が持てなかったらしい。そんな彼が演奏中にちょっとリズムを外したりすると、エディ藩は「やってらんないよ」という顔になって演奏をやめてしまう。大勢のファンの前で恥をかかされた態のマモルは、腹立ちのあまりエディ藩にスティックを投げつける。怒ったエディ藩がギターを放り出してマモルに殴りかかる。ステージから楽屋の階段へと、喧嘩しながら二人は移動した。客のことなど無視してメンバー同士の乱闘である。リーダーのデイヴ平尾も止めない。マモルは目に青痣をつくり、エディ藩は鼻血を出すほどの大喧嘩だった。もっとも、客もおもしろがっていたようだが……。

「エディは柳ジョージともやりましたね、ステージの上で。テンポが合わないと演奏止めちゃう。ジョージも血の気が多いから怒って大喧嘩。バンドっていうのは音楽を追求するとストレスになるんですよ。エディにはそれがわからなかったんでしょう」（ミッキー吉野）

＊

洗練された不良、というのがゴールデン・カップスのイメージだったが、不良とまではいかなくても、イメージどおりの勝手気ままなメンバーではあった。リーダーであるデイヴ平尾はその温厚な人柄でまとめ役ではあったが、統率しようという気はまったくなかったようだ。

「グループではあったけど、みんなものすごく個性が強かったからね。個人の集まりという感覚だった。だから仕事終わったとたんにばらばら。一緒に遊んだりすることってほとんどなかったもの。それぞれの生活に干渉することも一切なかったし。メンバー同士の喧嘩？　そりゃ、ステージ以外でもあったよ。でもほかのグループと違って、うちは女とか金でもめることはなかった。喧嘩の原因はいつも音楽のこと」

と、デイヴ平尾。

こんな話が伝わっている。彼らが本牧に出ていた頃、その噂を聞きつけ、渡辺プロダクションを率いる渡辺美佐が観にきた。自分のところからデビューさせるGSを探していたらしいのだが、「あのグループは上手だけどアイドル性がない」というのでやめ、京都のタイガースをスカウトした――。

もしこの話がほんとうなら、渡辺美佐は見る目があったということになる。いや、ルックスの面ならゴールデン・カップスだってタイガースには負けていない。沢田研二に負けず劣らずの美貌を持つルイズルイス加部がいるし、マモル・マヌーも女性人気はダントツだった。ケネス伊東は肥ってはいたがくりくりした目が可愛いし、エディ藩も野性味溢れるいい男だ。デイヴ平尾はいわゆる美男子ではないが愛嬌がある。

しかしアイドルは〝いい子〟でなければならない。自分のやりたいことより一般大衆が求めることを優先し、プロダクションの仕掛けには従わなければならない。ゴールデン・カップスはそれができるグループではなかったのである。

「音楽的情熱はあったんですけど、それを表に出すことはなかったですね。おれたち、いつやめてもいいいんだからって、はっきり言ってました」

と、元マネージャーの原氏は当時を振り返る。

「テレビも、みんな出るのが好きじゃなかったんですよ。ポーズじゃなくてほんとに。他のGSのことも認めてなくて、一緒に演るのをいやがらなかったのはモップスとダイナマイツくらいかな。彼らのことは認めてたんでしょう」

「加部は、ボンドなんか吸ってて、いくら注意しても駄目だった。決して乱暴な人間じゃないんだけど狂気と紙一重の天才。いつも護身用ナイフを持ってましてね、機嫌が悪いときなんか、こっちの体すれすれに投げられたことがありますよ。目が離せなかった。取材も大嫌いで手こずりましたね。ところが何年か前に電話で話したら、あの当時はご迷惑をかけました、なんて言われて、あ、これほんとにあのマー坊？　って感じで驚きましたねえ。なにしろやんちゃ坊主そのままだったから……。女？　加部は一途でしたね、好きになった相手には。エディは、あの頃は女性にそう悪いことしてないと思いますよ。英語ができるから、ハーフとか外人と付き合うことが多かったみたいだけど……。マモルは華やかでしたねえ。噂になったのは、安井かずみ、梓みちよ、大原麗子、大信田礼子……とにかくもてました。デイヴは大人の遊びなんだけど、すっとぼけたおっちょこちょいなとこがありましてね、一度寝た女を、忘れてまた必死で口説いてたりするんです。年上にもてましたね。でも別れるとき、絶対、相手に恨まれない。そういうところにも人柄が出るんですよね」

なにかにつけ、半端ではない男たちだったのだ。

しかし、こと音楽に関しては、プロになったとたん興味を失った、とエディ藩は言う。

「新しいものを練習する時間なんて全然ないし、その気もなくなっちゃって……。惰性でやってただけだよね、ゴールデン・カップスだった頃って」

芸能界の仕組みにも馴染めなかった。ルイズルイス加部は言う。

「あるところへ仕事に行ったら、黒服のヤクザがずらーっと並んでて……。興業とヤクザは付き物らしいけど、でもそれを見たとたん嫌気がさして、仕事すっぽかして家に帰った。そして親に、もうゴールデン・カップスやめて堅気の仕事になりたいって言ったの。一緒に住んでた、ほら、父親代わりみたいな人が歯医者だったからね、歯科技工士になろうと思って。でも親に止められて、それ、できなかった。いまでも、あの時に歯科技工士になっといたほうがよかったかななんて思わないでもないよね。そのほうが穏やかに暮らせたかもなんて……」

彼らには、芸能界で生き抜いていくためのハングリー精神がなかった。

「そうね、プロ意識があったとすれば、俺くらいかな」

と、デイヴ平尾も言う。

「人気があったとか、あの頃、金貯めときゃよかったなんて、そんなの後からわかることだもん。あの最中なんてわかんないよね。ただ忙しく仕事して遊んで……それだけ」

一九六八年の夏に、ケネス伊東がハワイへ帰国した。かわりに、まだ十六歳だったミッキー吉野がキーボード奏者として入った。この年こそグループの最盛期と言えるだろう。洋楽の専門誌『ミュージック・ライフ』の人気投票では、ゴールデン・カップスが日本の部で一位になっている。二位はスパイダース、三位はフォーク・クルセダーズ、タイガースは得票数がゴールデン・カップスの半分で、やっと四位にいる。

8　二十歳《はたち》の六本木

振り返ってみれば、マグマのようにいろんなものが吹きだしてきた時代ではあった。まず学生運動がある。あちこちで大学が封鎖され、ヘルメットをかぶった学生たちが学長だの職員だのを閉じ込めたりして、さかんにシュプレヒコールしていた。街中で学生たちと機動隊が衝突し、火炎瓶が投げられる様子を、わたしも一度だけ目撃したことがある。中国では文化大革命が始まっていた。おびただしい血が流されたその実態を我々はあとで知ることになるが、あの頃は、多くの知識人がそれを知らずに支持していた。

学生運動が暴力を伴いつつも前進しようとする革命運動だとすれば、一方で、後退しようとする革命運動ともいうべきヒッピーという存在があった。ヒッピーはもともと、平和、非暴力、自由といったことから始まったのだが、日本に入ってくるとだんだん退廃的な色合いが濃くなり、一日中シンナーを吸って、新宿駅周辺などで呆けたように座り込んでいる若者を指すようになった。

でもわたしは、相変わらずそのどれとも関わりがなかった。学生運動や反戦運動に身を投じた人たちに比して、なんにもしない人のことをノンポリと呼んだが、わたしはそのノンポリでさえなかった……というのはなんだか妙な言い方かもしれないが、ノンポリというのは、なにも考えないのではなく、自らどの思想にも身を投じない——というニュアンスで、わたしは受け取っていたから。どの思想もわかっていなかったし、わかろうという努力もしていなかった。小さな小さな自分の世界で手いっぱいだったし、いま日本で、世界でなにが起こっているかなどということを考えるほどの視野を、持ちあわせていなかった。だからやはり、ノンポリというよりなにも知らなかっただけのことだろう。

わたしは二十歳で六本木の広告プロダクションに勤めていたが、コピーライターとは名ばかり。気持ちはあっても力が伴わない。なにをどう勉強すればいいのかもわからない。あっさり方針を変えないで進学しておけばよかったと、いま振り返ってみて思う。社会人として自立するには、まだ子供過ぎたのだろう。

六本木交差点の一角に会社はあった。当時、六本木、赤坂あたりはマスコミ人種の溜り場だったようで、まだそうはあちこちになかったイタリアン・レストラン、インポート・ブティックなどがあった。戦後、米軍基地があった関係で六本木には外国人住宅も多く、新宿、渋谷といった大衆繁華街とは違った雰囲気がこの街にはあったのだ。

でもわたしには縁がない。家に食費を入れて、交通費と昼食代を出して、たまに喫茶店でお茶を飲んだり本を買ったりするだけでもう終わり、という程度のお給料だったし、自宅から会社までは電車やバスを乗り継いで片道二時間近く。遊んだりおしゃれをしたりする余裕などあろうはずがない。

それでも、ジャズ喫茶には二度ほど行った。GSが出ているほうではなく、モダン・ジャズをレコードで聴かせるほうの店だ。ベンチと横長の机が学校の教室さながらに並んでいる。そこでコーヒーなどすすりながら、みな、押し黙ってジャズに耳を傾ける。

歌声喫茶にも一度だけ入った。小さな歌詞帳を見ながら、ロシア民謡などを見知らぬ同士が声を揃えて唄う。社会主義的雰囲気だった。

唐十郎の状況劇場や寺山修司の天井桟敷など、アングラ芝居が話題になっていたので、一度、天井桟敷を観に行ったこともある。ゴーゴー喫茶は会社の人に連れられて、これも一度だけ。

どれもこれも、おそるおそる覗いてみただけだ。日々、通勤するだけで精一杯だったから、趣味を持つ余裕などなかった。一、二度かいま見た非日常の世界から、その時なにを感じたのかも覚えていない。

すべてのことが、自分の外側を流れていった。学生運動などその最たるものだ。学費値上げ反対でどこかの大学の学生たちが暴れ、機動隊まで出動する騒ぎになったのを、わたしはかなり冷めた目で見ていた。たまたまテレビのニュースなどで目にすると、ほとんど嫌悪さえ覚えた。なにか問われてうまく答えられそうにないと、彼らは「ナーンセンス！」を連呼する。傲慢で頭が悪いのだとしか思えない。本気で体制と戦う気があるのなら、親がかりではなく自活してやるべきではないかと思った。就きたい仕事に就いたものの、力不足に落ち込むばかりの毎日だったから、大学生に嫉妬していたのかもしれない。

しかし考えてみれば、学生運動も反戦運動もウーマン・リブもGSもフォークソングも、サイケデリックなグラフィックや化粧、ミニ・スカートやパンタロンなどのファッションも、日本のオリジナルではなかった。どれもこれもアメリカで流行り、日本に流れてきたものばかりである。戦後ベビーブームの落とし子であるわたしたちがようやく大人になったわけだが、それでも、いや、それだからこそのアメリカ追随だった。アメリカに追いつけ追い越せではない。形を変えた「ギブ・ミー・チョコレート」と言っても大げさではないほど、アメリカのお尻について回っていた。

＊

アメリカに次いでヨーロッパも、この頃から〝ブランド〟として日本に君臨し始めている。当時のスター、そしてファッション・リーダーである文化人たちは、期せずしてその急先鋒を務めることにもなった。

あの頃、「都会風」を夢見る女の子たちの憧れは、作詞家の安井かずみだった。彼女は、タイガース・小柳ルミ子、伊東ゆかりなどのヒット・ソングを数多く書き、レコード大賞の作詞賞も受賞している。一九九四年、五十四歳で肺がんに冒されて急逝するまで、第一線の作詞家であり続けた人だ。

わたしも彼女のファンだった。憧れどころではなく、完全に雲の上の人だった。

女性週刊誌やファッション誌を開くと、彼女が「親友」である女優の加賀まりこと頭を寄せ合い、なにやら楽しそうに笑っている写真が載っている。加賀まりこのヘア・スタイルはいかにも女優風で、大きくカールさせた髪を肩に流したものだったが、安井かずみのそれは、「おかっぱ」だった。長さは、ある時は肩まであり、ある時は頬の横くらい。ストレートな髪を頭の真ん中で両側に分け、裾でシャープに切り揃えてある。

顔の両サイドをその髪が影のように蔽い、なんともミステリアスに見えた。きれいにマニキュアされた指で無造作に髪を掻き上げる仕草も、煙草を吸うポーズも、当時の流行りだった濃いめの化粧も、じつにきまっていた。美人でスタイルがよくて、知的で垢抜けている、作詞家という聞こえのいい職業も含めて、都会のキャリアウーマン（この頃、まだこういう言葉は使われていなかったが）そのものだった。アンニュイという言葉は、彼女のためにあるようなものだと思った。

安井かずみは横浜の山手で育ち、フェリス女学院を卒業したお嬢様である。子供の頃から、クリスチャン・ディオールなどのブランド品を身につけて育ち、若くして有名になり、気ままにパリやロンドンへ出かけて一流ホテルに長期滞在していた。英語もフランス語も自在に操ることができるので、独りでも不自由はない。

恋も華麗で、彼女が最初に結婚した相手は老舗時計店の御曹司だった。

「あら、あたしだって子供の頃からブランド品を着せられてたし、語学もできるし外国へもよく行くわよ」

という女性は、いまならいっぱいいるだろう。でも安井かずみの場合、経済大国日本になってからの、ブランド満載女とはわけが違う。あの当時、若者は総じて貧乏だった。戦争を生き延びてきた親の世代はなおさらだ。風呂もない狭いアパート住まいの若いカップルを歌った、みなみこうせつとかぐや姫の「神田川」が大ヒットしたのも、同じ境遇のカップルが多かったせいだろう。

いわゆるヨーロッパ・ブランドなど、存在することすら知らなかったし、知ったとしても買えるわけがない。都内にはマンションが増えつつあったが、白亜のビルはなまじ一軒家などよりずっと高級に見えた。なにより西洋風で、あんな建物に住める日がいつか来るだろうかと、半ばかなわぬ夢として、花の飾られたベランダなどを見上げていた。

若者が海外旅行に行くとすれば、リュックを背負った貧乏旅行が定番だった。シベリア鉄道経由でヨーロッパに入ったり、貨物船に乗っていったりというのが、あたりまえだったものだ。

そんな時代に、安井かずみはヨーロッパ・ブランドを着こなし、日本と外国を自在に行き来し、売れっ子の画家や作家、デザイナー、芸能人たちに囲まれていた。しかも美人でおしゃれで恋の似合う女――。同じ自立した女といっても、ヘルメットをかぶって男たちをののしるウーマン・リブの闘士たちとはまるで肌合いが違う。

日本社会は長い男女差別の歴史があり、自分自身もなにかとそれを痛感していたから、女性解放運動が必要なものであることはよくわかっていた。男性から煙たがられたり嘲《あざけ》りを受けたりしながら果敢に運動している女性たちを、立派だと尊敬もしていた。しかし、男は問答無用で敵とみなし、おしゃれを男への媚びと決めつけ、女だけの社会を造ろうとするかのようなリブ運動には、当時からどうしてもついていけないものを感じていた。そして、そう感じていることを内心では恥じていた。

自立はしたいけれど、男にとって女としての魅力がある女でありたい、おしゃれをして、雰囲気のいいレストランで食事して、恋する女でいたい、と、声高らかに言えないような風潮も、あの頃、なきにしもあらずだったのだ。

安井かずみが六本木の「キャンティ」というイタリアン・レストランの常連であることは、週刊誌などで知っていた。その店が、有名人の溜り場であることも。

いまの若い女性なら、「じゃあ、行ってみよう」ということになるだろう。しかしあの頃は違った。野地秩嘉氏の『キャンティ物語』によると、その頃は成熟した大人と未熟な若者を隔てる境界線が厳然としてあった（そのとおりである）。「若者たちは自分たちが羽根の伸ばせる店や場所を探し、そこに集まった。そして六本木、飯倉には、紳士たちが悠然と時を過ごす銀座のようではない、自由な若々しい空気があった」ということになるが、その「若者たち」は、本牧に集う若者たちともまた違い、家柄がよくて金持ちだとか、有名人だとか、あるいはそういう人たちと親しいというステータスが必要だった。一口に若者と言っても、ちゃんと階級差があったのである。

わたしなどは「キャンティ」のすぐ近くに毎日通勤していながら、一度行ってみようかなどとは決して考えなかった。お金もなかったが、よしんばあったとしても、そういうところへ足を踏み入れることができる器ではないことを、自分で心得ていた。

「どうしてよ、階級差なんて変じゃない。人間、みな平等じゃない。相手が有名人だからって臆することはないじゃない」

という人もおられようが、それはちょっと感覚が違う。あの階級差は、「夢」を誘ってくれるものでもあった。あの人たちのようなセンス、教養、地位をいつかは得ることができますように、と夢見ることで、努力することができたのだ。ハングリーだったし、そのハングリーは、振り返ってみてそう悪いものではなかったと思う。

安井かずみが詞の中で描く女は、みな、古風なほどやさしく可愛いかった。どちらかといえば「待つ女」なのだが、演歌の女にありがちな執念深さ、また被害者意識をともなう「待ちかた」ではない。「男」をというより、「恋」を恋する女の「待ちかた」である。

天井桟敷の主催者である寺山修司も、アングラ芝居とは別に、「恋」を夢見る少女の寂しさ、やさしさ、愛らしさを描いた詩や散文を、当時、たくさん書いている。安井かずみの詞とともに、わたしは寺山修司のそうした作品にも傾倒していた。

「いい子ちゃん」だったと見られても仕方がない。水商売に入ってでもお金を貯めて外国へ行くとか、親が喚《わめ》こうが世間からどう見られようが、自分の思いどおりに生きるなどという勇気はとてもなかった。ミニスカートが流行ればミニをはき、マキシが流行ればマキシを着、流行にしたがって髪も染めたが、できるのはそこまで。ビートルズが来日した時も、友人がチケットをプレゼントしてくれたにもかかわらず、親の「そんな不良の集まるとこへは絶対行っちゃいけない」の一言に反抗できず、歴史の貴重な場面に立ちあう幸運を逃してしまったのである。

9　狂乱の果て

ゴールデン・カップスはもちろん、「キャンティ」へあたりまえのように出入りする階級だった。なにしろ彼らはスターである。しかしそうなればそうなったで別の悩みが生じてくる。自分たちの志向、音楽性、技術は、他とは違うんだというプライドに反して歌謡ポップスを唄わされ、アイドル路線を走らされることへの不満が、彼らの中で膨らんでいった。

真っ先に脱退したのはエディ藩である。一九六九年四月のことだった。次いで十二月にはマモル・マヌー、ルイズルイス加部、エディ藩と交代で入った林恵文も脱退。元カーナビーツのアイ高野加入。一九七〇年、エディ藩再加入。柳ジョージ加入。

結局、スタート時から最後までいたのはリーダーのデイヴ平尾だけである。

不満と同時に不安も膨らんでいったはずだ。GS人気は凄まじい早さで蔓延し、橋本淳、村井邦彦などの新進作家を生みだし、『セブンティーン』などのローティーン雑誌の創刊を招いたが、飽きられるのも早かった。その一因は、GSさえ作って売ればいいという商業主義の中で、個性的というより際物的ＧＳが続々と送りだされていったことだろう。これが社会問題になった。

もともと、エレキ・ギターをやっているとか髪が長いとかいうだけで、訳もなく不良視された時代である。大人たちから見ればＧＳは、子供たちをよからぬ道に誘い込む元凶だ。一番人気だったタイガースでさえ、髪が長いという理由でＮＨＫには出演させてもらえなかった。あの頃の大人は若者の自己主張がよほど怖かったようだ。

そこへ、格好が奇抜だったり、「ステージでパフォーマンスとしての喧嘩をみせる」「失神してみせる」といった音楽性とは関係ないところで売ろうとするＧＳが現れた。「良識ある大人たち」が、それみろとばかりに色めきあったのも無理はない。

ことに「失神」が売り物のオックスは、顰蹙をかった。ステージでヴォーカルの野口ヒデトやドラムスの赤松愛が失神してみせると、ファンの少女たちも次々とそれに続く。三十人もの女子高生が失神したことさえあった。ステージ上の失神は演技だろうが、少女たちのそれは、興奮と連鎖反応による本物だったかもしれない。

六七年のタイガースによる奈良公演では熱狂したファンが殺到し、多数の重軽傷者を出すという事件があったが、そのほとぼりも冷めないうちの「失神」である。ＧＳはますます危険視され、ＰＴＡや学校が生徒たちを厳しく監視するようになった。レコード会社は仕掛けをおもしろくしようとするあまり墓穴を掘ったということになる。

作詞家の橋本淳は「エド山口のGSグラフィティ　グループ・サウンズ二十年目の真実」（一九八六年六月二十八日放送）というラジオ番組で、

「GS衰退の原因は、音楽性のなにもないグループが多く出てきたこと。これでは日本の音楽業界そのものが危うくなるというので、レコード会社はわざとどうしようもないGSを作って次々と世に出した、売り出すためじゃなくて潰すために出した」

という興味深い裏話を語っている。

GSの起こりは若者たちの音楽による自己主張だったはずなのに、したたかな大人たちによって商業路線に乗せられ、食い物にされたあげく消されてしまったのだ。その不穏な空気を、どのGSも一九六九年あたりから感じていたに違いない。

こんな風潮の日本にいてもしょうがない、こうなったら本場だ、とばかりに、ゴールデン・カップスはアメリカ進出を狙っていた。ところが、ブルースの王様、B・Bキングと共演するという企画がいい線までいった時、彼らはある事件を起こし、自らチャンスを潰してしまったのである。

＊

一九七〇年の秋から冬にかけて、ゴールデン・カップスのメンバーはマリファナ不法所持で取り調べを受けた。シンナーをはじめとするドラッグが流行っていた頃で、芸能界、ことにミュージシャンの間にもかなり出回っていた。わたしの憧れだった安井かずみも、ドラッグで逮捕されている。

「クスリですか？　ファンがゴールデン・カップスと仲良くなりたくて持ってきたりしてましたね、欲しいなんて言わなくても」（元マネージャー原一郎氏）

ベトナム帰休兵が持ち込むことも多く、彼らの出入りするライブハウスやクラブ、バーなどによく出演していたゴールデン・カップスのところへも、当たり前のようにそれが回ってきた。

ゴールデン・カップスのメンバーは全員、取り調べを受けたが、逮捕までいったのは、デイヴ平尾とミッキー吉野である。

「取り調べの時は落ち着いてるふうを装ってたつもりだったんだけどねえ、煙草を反対に吸っちゃって、アチッなんて声上げちゃったりしたね」

と語るデイヴ平尾は、十日間拘留された。雑居房で殺人犯と一緒になり、

「おまえ、なにやってんだ？」

と、聞かれた。歌手です、と答えると、じゃあ、歌ってみろと言う。デイヴはゴールデン・カップス最大のヒット曲である「長い髪の少女」を歌った。殺人犯は、

「おお、それなら知ってる！」

と声を上げた。殺人犯まで知ってるんだもん、俺たち、売れてたんだなあ、とデイヴはその

時、思った。

「クスリはねえ、ムードでやっただけ。おれ、酒が大好きだもん、クスリ必要ないの」

この事件のためにアメリカ・デビューは消えてしまったが、デイヴは留置所を出てからメンバー全員の実家を回り、

「申し訳ありませんでした。でも、もう一年頑張りますからやらせてください」

とそれぞれの親に挨拶したという。

ミッキー吉野はまだ未成年だったから練馬鑑別所に送られた。二十四日間入れられ、二年間、芸能活動をしないという条件で出してもらった。その条件をのまなければ少年院行きだ。翌年、彼はアメリカのバークレー音楽院に入学している。

「日本に帰ったら、またゴールデン・カップスで演るんだと、当然のように思ってたんですよ。だけどデイヴに電話したらなんか話を逸らす。じつはもうその時、ジョン山崎がぼくの代わりに加入してたんですよね。それっきり、いまにいたるまでその話には触れずじまい（笑）」

翌年、マモル・マヌーはソロ歌手としてデビュー。ルイズルイス加部は林恵文、ジョン山崎等と組んでルームというバンドを結成。しかしゴールデン・カップスも他のＧＳも、もはや仕事は減る一方だった。この年、一月にタイガース、二月にはスパイダースとテンプターズ、八月にはワイルド・ワンズと、トップＧＳが相次いで解散している。ゴールデン・カップスもテレビ出演ばかりか地方興行すら激減し、ついにこの年いっぱいで解散が決定した。

向こうのミュージシャンがちょくちょく日本に来るようになっていた。日本の、ニュー・ロックをやっている連中が必死になってコピーしようとしている、その本物がやってきちゃうようになった。
それには太刀打ちできないよ

（柳ジョージ『ランナウェイ――敗者復活戦』より）

最後の仕事は沖縄のディスコだった。暮れから正月にかけての三日間興行だ。この頃、沖縄はまだ返還されていない。日本人であってもパスポートが必要だった。飛行機のチケットが取れなくて、行きは船だった。全員、船酔いしてたいへんだったという。メンバーは、デイヴ平尾、ジョン山崎、柳ジョージ、エディ藩、アイ高野。

その最終日――。ラスト・ナンバーである「長い髪の少女」が始まった。が、途中で演奏も歌も微妙にテンションが落ちていく。もう終わりだというのでやる気が失せたのではない。あたりが異常に焦げ臭いのだ。メンバーたちは、「なんか変じゃないか？」という目で互いの表情をうかがう。そのせいでリズムをやや乱しつつもステージを続けていたのだが、そのうち、匂いだけではなく大量の煙が押し寄せてきた。火事だ！　もう演奏どころではなく、みんな楽器をそこに置いたまま逃げ出した。そこはビルの四階。原因は漏電だったから電気が消えている。真っ暗な狭い階段を、店の人が持つ懐中電灯の明かりだけをたよりに、観客もミュージシャンも半パニック状態で駆け降りた。

「楽器、みんな燃えちゃったんだよね。だけどジョーちゃん（柳ジョージ）だけは、しっかり自分のギター、持って逃げたの」

苦笑交じりにデイヴ平尾はその時のことを語ってくれた。

混血で売り出したゴールデン・カップスが、まだ返還前だった基地の街、沖縄でこのような終焉を迎えたというのも、なにか象徴的である。

ヘルメットと火炎瓶の学生運動も、赤軍派による一九七〇年の「よど号ハイジャック事件」、一九七二年の「浅間山荘事件」で後味の悪い結末を迎えた。

終わったのだ、わたしたちベビー・ブーム世代の青春は――。

「大人なんて――」と反体制を気取っていた者も、自分がいやおうなく「大人」の範疇に入れられてしまう年齢になってしまった。けれども一定の年齢になれば、みな「大人」になれるというものではない。あの時代、「大人」になりそこねた典型として、わたしは一人の女性のことを思わずにはいられない。

10　ハートの火が消えて

鈴木いづみ。

わたしは彼女のことをリアルタイムでは知らない。彼女についての記事なり、彼女の文章なりを読んだことがあったとしても、記憶には残っていない。

けれどもいま、ゴールデン・カップスがらみで彼女のことを調べ、その作品を読むにつけ、じつに感慨深いものがある。六〇年代から七〇年代にかけて、なにひとつ青春の冒険らしいことをしなかったわたしとは対極にあった人だ。

彼女は〝時代〟という海の中へ果敢に飛び込み、溺れながらも必死で声を上げ、力尽きて死んだ。時代を呑もうとして逆に呑み込まれた、と言えるかもしれない。あの頃、〝翔んでる女〟という言葉が流行った。ベストセラーになったエリカ・ジョングの小説『翔ぶのが怖い』からきた言葉である。結婚にこだわらず、自らの意志で複数の男とセックスをし、それを堂々と口にする女たちのことを、世間はこう呼んだ。つまりあの頃はまだ、そういう女性が珍しかったということである。

鈴木いづみは〝翔んでる女〟としてマスコミが飛びついた女の一人だった。そんな取り上げられ方さえしなければ、作家としても人間としても、あれほど生き急ぐことはなかったのに……と残念な気がしてならない。いたましいとも言える。

時代のシンボルとしても、ゴールデン・カップスとの関わりという点においても、彼女は興味深い。ぜひとも一章を割いておきたいと思う。

鈴木いづみは一九四九年、静岡県伊東市に生まれた。高校卒業後、伊東市役所に勤務。地元の同人誌に小説を投稿していた。六九年に退職して上京。ホステスやモデルを経て、当時はピンク映画と呼ばれたポルノ映画の女優になる。そうしながらも小説は書き続け、小説現代新人賞に応募した作品が候補に残った。惜しくも受賞は逃したが、翌七〇年には『声のない日々』という作品が文学界新人賞候補となり、その異色の経歴とあいまってマスコミの注目を浴びることになった。

それからは小説やエッセイを書くかたわら、雑誌でヌードになったり、天井桟敷の舞台に女優として立ったり、たしかに八面六臂の活躍ぶりである。ただし、彼女が登場した雑誌の性格から判断する限り、その優れた才能にもかかわらず、作家としての活躍がさほど華々しかったとは思えない。どちらかといえば、挑発的なファッションや言動のほうでマスコミ受けしていたようだ。

音楽が好きだった。ことにロック、R&Bが。だからゴールデン・カップスのファンだったのだろう。ただし、彼女が芸能人と付きあえるほど有名になった時、ゴールデン・カップスはすでに解散していた。六〇年代の狂乱が過ぎ去り、どこか物憂い七〇年代半ば――その雰囲気を、鈴木いづみの長編小説『ハートに火をつけて!』は、じつによく描いている。

カウンターでひまそうにしていたウエイターが、有線のチャンネルをかえた。男の声が「どおぞォ!」とシャウトした。髪の長い女の子が失恋した、という内容だ。グリーン・グラスの三枚めのシングルで、いちばん売れた。六七年か八年。大昔、という気がする。

「本人たちは、これ、『こんな歌謡曲』っていって、やりたがらなかったの。リード・ギターのランディーは、新しいもの好きでね。ファズを買うのも、日本でいちばんはやかった。デビュー曲じゃ、まだみんな元気にはりきってるから、やたらにジージーいわせてるわよ」

「中華街が生んだ、GS最高のギタリスト?」

「そう。あとはダイナマイツの山口富士夫ね。あとから急にうまくなったのよ。マイク・ブルームフィールドに傾倒して。中国人のランディーは、最初っからうまかった。あのねばりつくようなしつこいギターは、わすれがたいわ。いま、中華街で店番してるって」

「安保の前はよかったわ。メチャクチャにハデで。なんてつまんない時代になったのかしら。七〇年にはいってからのロックは、ごく静かにはじまったし」

（中略）

「ひとり欠けてるのに演奏しちゃうってバンドは、ほかになかったわね。サイドがベースやったりして、ひどかった。客をばかにしてるようなとこがあったのよね。『オマエラにオレたちの演奏はわかんないだろ』みたいな。実際、ジョエル目当てにジャズ喫茶にかよってたころのあたしには、むずかしすぎた」

「彼は絶望してるの？」

「いまはね、たぶん」

悦子はごくしずかな声になった。

前にも記したが、「グリーン・グラス」はゴールデン・カップス、「ジョエル」はルイズルイス加部、中国人の「ランディー」はもちろんエディ藩である。鈴木いづみはこの二人に対して、ミュージシャンとしても男としても深い思い入れがあったようで、何度も小説やエッセイに登場する。それこそベッド・シーンまで出てくる。そして、『鈴木いづみ　1949―1986』（一九九四年、文遊社）という、各界で活躍している人々が鈴木いづみを回顧している本の中で、ルイズルイス加部は、書かれていることが事実そのままであることを正直に認めている。

それにしても、「ジョエル」のモデルにも「ランディー」のモデルにも会ったわたしは、鈴木いづみという作家の確かな人間観察に舌を巻かずにいられない。飾り気のない簡潔な表現も好きだ。たとえば、ＬＰのジャケットを見る場面。

ジョエルは、サイケデリックなＴシャツを着ている。百八十センチ、五十二、三キロがせいぜい。脚の長さが驚異的だ。わたしが男だったら、こーゆーひとのとなりには立ちたくない。

あと、見られるのは、やはりリード・ギターのランディーだ。このバンドは、ルックスと才能が一致している。まるまる肥えているキーボードはべつにして。この中国人はずいぶんおしゃれなんだろうな、と思われる。皮のチョッキのボタンのはずしかたやスカーフに、神経が感じられる。受け口で、切れ長の目がつりあがっている。色っぽい。

この時点で、すでに「グリーン・グラス」は過去のスターとなっている。けれども、鈴木いづみ自身がモデルである文中の「わたし」は、そのメンバーだったハーフのジョエルと中国人のランディーに心惹かれている。できることなら会いたい。そんな時、ジョエルの噂が友達の間で出る。

「あの子、生きてるの？」

サブがびっくりしたような声を上げた。「死んだかと思ってた」

「きいてないわ」

「単なるうわさだけどさ。あたしらのいる地方に、そーゆー話があった。あの子、オカマにも人気あるのよ。なよなよしてないから。モード・セツナーやってる有名なイラストレーターが（ほら、あのひとよ。公称五十七の）ピンクのマンボにハイヒールで追っかけてたわ。でも、あの子、男はダメみたいね。いつも太目の女抱いてあるいてる、っていうから。あたしたちフシギがってたの、どーしてあんなキレイな男があーゆー女を好むのかしら、って」

やかんから湯気がたちのぼりはじめた。

「どーゆー設定で死んだんだって？」

「精神病院でて、お祝いにクスリをまた大量にやって、雪の日に非常階段のかげで、とか」

「ずいぶん映画的ね」

「ATG系でしょ。だからうたがわしいんだけどさ」

友達が、以前、ジョエルと付き合っていた女を知っていると「わたし」に言う。その女はすでに他の男と同棲している。しかもその女は「わたし」にジョエルを紹介してくれるという。「わたし」は彼女が恋人と住んでいるアパートへ出かけていく。由香というのが女の名前だった。

「だいたい、あいつ、まだ生きてるもんね」

由香はかわいい顔に似合わない、がさがさした声をだす。

「いまに死ぬ、いまに死ぬ、ってみんなが言ってるのにね」男の子はやわらかな声をだした。

「このあいだ、野音にいって会ってみたら、わりと元気そうだった。クスリやめた、なんていってさ。何回目かしらね、やめるの」


（中略）


伝説中の人物になると本人はつらいだろうな、と思う。

「そうそう。あいつはさ、事態がどうなろうと、いつまでも少年みたいな清い心で生きてくさ、おれはそう思う」

「ほんとはすごく可愛くて……」由香がぼんやりと。

「愛らしくて」男の子がつづけた。

「また会いたいわ」

由香は不意に自分のなかに、沈みこんだ。

「何回もやったじゃないか」

男の子は親密な調子で、彼女をなぐさめる。

「だけど、あと五十回くらい、したい」

ジョエルは、あなたみたいにいい体の人がこのみなのよ、いま電話番号、教えたげる、と由香は「わたし」に言う。この由香は、後にルイズルイス加部の妻になる人である。なれそめは、クスリでおかしくなった彼が、由香の父親の病院に運び込まれたことだという。「わたし」はジョエルに電話をかけ、彼と会うことになる。そのころジョエルは仕事もなく、閑《ひま》をかこっていた。待ち合わせは住まいのそばのバス停。

そういえば、わたしがルイズルイス加部と喫茶店で初めて話した時も、待ち合わせは彼の家の近くのバス停だった。

ジョエルは、ひっそりと立っていた。レコード・ジャケットから抜け出したそのままの姿で。葉をおとした木みたいにほそながく、身動きしないで。

バス停で待っていたジョエルと会う場面だ。この小説の頃と、わたしが会った時とでは、二十数年のへだたりがある。場所も同じ横浜とはいえ少し違うのだが、まったくこのとおりだった。わたしは鈴木いづみの小説の中に入り込んでしまったような、不思議な錯覚を覚えたものだ。

小説の「わたし」は、そのままジョエルのアパートへ行く。しかしそこにはジョエルの「いとことその友達」がいて、「わたし」の望んでいたような男と女の関係に至るチャンスはなかった。彼らの目と耳を気にしながら、二人が同じ布団の中に横たわっている場面――。

わたしはジョエルの肌に指をおいて、目を閉じた。彼のしっかりした腕は、わたしの頭を自分の首の横にかかえこんでいる。彼のむかしの歌声が、かすかによみがえった。投げやりで平板な発音。エコーがかけられている。彼は遠くのほうで、ひとりでうたっている。レベルは高くなったり低くなったりの、くりかえし。ラリってるような感じ。もう、泣いたりしないのかしら、とわたしは思う。

一夜を共に過ごしたといっても、ただそれだけのことだったのだが、「わたし」は以来、ジョエルの面影を胸に抱き続ける。ジョエルは仕事で京都へ行ったようだ。

「ジョエルは、京都へ行っちゃったわ」

長髪のほうをなるべく見ないようにする。いまは疲れていて、面倒だから。

「なんとかしなさいよ」

「ねえ」

「あの子、物忘れが激しいって評判よ」

「一回寝た女なんて、いつか食べたカレーライスみたいなもんなのね、彼にとっては」

「ひく手あまた、だから。元町のアストロの金髪のゴーゴーガールも、彼にお熱なんだって」

「ママ・リンゴには電話かけてるわ」

「京都へいけばいいのに」

「あんなキレイな子が、わたしをすきになるはずないでしょ」


ルイズルイス加部はこの頃、京都の「ママ・リンゴ」というライブ・ハウスでよく仕事をしていた。ゴールデン・カップスを脱退してから、いくつかのグループを渡り歩いたものの長く続かず、デイヴ平尾が再びゴールデン・カップスの名前で始めたグループに参加して、その仕事で「ママ・リンゴ」によく行っていたのだ。

「なぜかずっとこの仕事を続けてはいたけど、楽しくなかったね、あの頃は」

野心とか駆け引きとか競争などという言葉とは無縁、ただ音楽の才能に恵まれていたルイズルイス加部にとって、生き馬の目を抜くような芸能界で生きていくのは確かに辛かっただろう。この頃、常習していたドラッグをやめたせいで、会った人がすぐにわからないほど肥っていたという。

『ハートに火をつけて！』には、ランディーとの、一回きりに終わった情事を描いた章もある。ランディーの、凄みのある色気と繊細さ、それと同等の無神経さはエディ藩そのもので、わたしは同じ物書きとして鈴木いづみの表現力に嫉妬さえ覚えたものである。

＊

一九七三年、鈴木いづみは天才サックス奏者と言われたジャズマン阿部薫と結婚する。しかしその毎日は、二人してドラッグ漬けという凄惨なものだった。嫉妬してゴールデン・カップスのＬＰを叩き割ったり、暴力を振るったりする阿部薫に対して、鈴木いづみは衝動的に自分の足の小指を包丁で切り落とし、「愛の証」として彼に与える。

彼には重大な障害がある。

彼は全世界をのみつくしたいのだ。それほど飢餓感はひどいのだ。

「きみがパニックをおこしはじめたときには、おもしろくなかった。これしきのことで、と思った。だって、愛するってのはそんな生やさしいものじゃないのだ。ぼくが死ねといったら、きみはその理由もきかずに死ぬくらいでなきゃだめなんだ」

ぜんぜん愛してなんかいない、わたしは。彼はどこでどう勘ちがいしたんだろう。それに、条件としては相手に要求しすぎている。

一九七六年、鈴木いづみは女児を出産するが翌年離婚。七八年、阿部薫はブロバリンの飲みすぎで死去。

それから三年後、彼女は突然かかってきたジョエルからの電話で、彼と再会することになる。ジョエルはすでに由香と結婚していた。妻が実家に帰っている隙に、彼はいづみを自宅に招いたのだ。


彼にふたたび会える日を、彼にもう一度抱かれるときを、長い長いあいだ、夢にみていた。彼はわたしの「青春」を体現していた。消えていったひとつのシンボルだった。あきらめきれなかった。人生がおそろしい様相を呈してくると、わたしのなかの彼は、その輝きをさらにつよくするのだった。

ジョエルは知らない。たぶん、これほど想いをこめていたなんて、彼自身が関知しないからこそ、イメージはいっそう美しい。

ジョエルは昔といっこうに変わっていなかった。相変わらず、無防備なほど正直で、「わたし」にやさしく気をつかってくれる。しかしなぜか二人の間のセックスは、昔、彼のアパートで「彼のいとことその友達」の邪魔が入ったときと同様、うまくいかない。ぎくしゃくしている。

「おれがなんで家へ帰ってくるかっていえば」

ソファーに戻って、彼はものしずかに言った。まつわりついてくる犬たちを両手でしめして、

「この子たちがいるからだ」

ちょっとかんがえてから、さらにおさえた声でつけくわえた。「それだけだ」

生きたまま死んでいる男。絶望のうちで生きながらえている男。

「全部女の子なの？」

「そう。おれ、生理帯あてたりしてやってる。四匹一度になると、ちょっとくさいよ」

一匹を抱きあげて「この子なんか、未熟児で生まれたのを、おれがミルクやって育てたんだ」

彼の孤独。ジョエルはそれを意識してないのかもしれない。しかし、現状をみとめている。あきらめて肯定している。

そうこうするうちに電話が鳴り、それに出たジョエルが戻ってきて言う。妻が急に戻ってくることになったと。「わたし」はなにも言わず帰り支度をする。ジョエルは「これ、タクシー代」

と、財布からありったけのお金、四千円を出して彼女にくれた。

その時のことを、わたしはルイズルイス加部に尋ねてみた。

「電話、ほんとに奥さんからだったんですか？　嘘だったのでは……」

「うん、嘘だったの」

生真面目な顔で彼は答えた。

「彼女、ものすごくラリってて、まともに歩けないような状態だったもの」

小説の中の「わたし」も、その嘘を見抜いていたようだ。その原因も。

鈴木いづみは、それを文章として書いていない。しかし行間から聞こえてくる。「わたし」のやるせなさ、どうにもならない寂しさが――。だからこそ私は彼女のことを、優れた作家だと思うのである。

しかしせっかくの才能をスキャンダラスな私生活のほうで使い果たしてしまった鈴木いづみは、やがて仕事を失い、電話を掛けた編集者にも居留守をつかわれるほどになってしまった。いづみの文才を早くから認めていた実父も亡くなり、彼女自身は結核を患い、生活保護をうけるほどに困窮した。そして八六年、住んでいたアパートの二段ベッドの手すりにパンティ・ストッキングを掛け、そこで首を吊って死んだ。

生きてみなければわからないことがある。わかってしまったあとでは、もうおそいのだ。だからといって――だからこそ人生はすばらしい、というほどの元気もない。そんな主体性をもっていたら、あんな目にはあわなかった。これは罰だ、という気がする。自分の勇気のなさにたいしての。しかし、それにしてはひどすぎた。つりあいがとれないほどに。この不条理を、とりあえずわたしは受けいれている。ジョエルもそうだ。受け入れられなかったジュンは、死んでしまった。彼は人生に、時間に、力いっぱいたてついたのだ。

ジュンとは阿部薫のことだ。いづみもまた彼と同様、力尽きて自ら死を選んだ。

彼女もまた、「エイリアン」だったのだろうか。そうではないと、わたしは思う。鈴木いづみは、見えすぎるほどよく見える「目」を持ち、神経過敏であったにせよ、非常に人間的な、普通の感覚の持ち主だったのではないだろうか。バランスのとれた感覚を持っていなければ、音楽はやれても小説は書けない。

また、彼女のように私小説をおもに書く人は、ことに、小説の中の自分と現実の自分を、強靭な客観性で見分けていかなければならない。客観性を失ったら作家としてはおしまいだ。なのに私生活に足をすくわれ、どこかで彼女は、そのバランスも、客観性という作家としてのしたたかさも、見失ってしまったように思えてならない。

女性の処女性や貞操観念がまだまだ価値あるものとされていた時代に、鈴木いづみは堂々とその価値観にそむいてみせた。裸になる女、男を渡り歩く女イコール頭の悪い女という「常識」

を破って、ピンク映画の女優から作家になった。それが彼女の売り物にもなったわけだが、七〇年代も後半に入り、さらに八〇年代ともなると、そういう女性は少しも珍しい存在ではなくなった。時代を操ったのではなく、操られていたに過ぎないことを、彼女は思い知らされたことだろう。

彼女が亡くなった一九八六年は、わたしが作家になった年でもある。ゴールデン・カップスや鈴木いづみは若くして世に出たが、わたしの場合はすでにその時、三十八歳になっていた。デビュー作は横浜に昔あった遊郭を舞台にした作品である。憧れであり、手の届かない街であった横浜に、ようやく足を踏み入れることができたのも、この時だった。

11　それぞれのブルース

わたしの作家デビューは、江戸川乱歩賞というミステリーの賞がらみだった。そのせいでずいぶんと雑誌や新聞のインタビューも受けた。

インタビューといえば写真が付き物である。写真の背景は、当然、受賞作の舞台になった横浜だ。しかし必ずと言っていいほど、この時、インタビュアーやカメラマンは場所の設定に悩んでいた。一目で横浜だとわかる場所が、ありそうでないのである。当時はまだ「みなとみらい」ができていなかったから、大観覧車も高層ビル群もない。

さんざん場所を探したあげく、カメラマンに選ばれるのはたいてい中華街だった。八〇年代に入ると、横浜は風景としても、いまひとつ個性のない街になっていたのである。

浜っ子の夫から、昔話として聞く横浜は魅力的だった。そのエピソード、その光景、その味、その品物は、横浜ならでは――に満ちていた。匂いがあったのだ、強烈に――。

けれども、わたしが結婚して横浜の住人になったのは一九七〇年代も末になってからのこと。文化の中心は完全に東京だった。かつて、音楽、ファッションなどをリードしていた横浜はもはやない。戦前、わざわざ東京から上流階級や有名芸能人が買いにきたという元町ブランドの品が東京のデパートに入り、元町にも有名海外ブランドやどこにでもあるような店が参入してきた。横浜駅周辺にデパートが増え、みなとみらいにも巨大ショッピング・モールができてからは、元町も客をそちらに奪われつつある。それも結局、元町でなければという部分が薄くなってしまったからだろう。

別の視点から見れば便利になったと言える。元町まで行かなくても元町の物が買えるし、元町へ行けば昔よりはるかに多種の品が買える。それにたとえば地方から横浜観光に来たとして、みなとみらいのホテルに宿泊すれば、みなとみらい地区から外へ出なくても、海沿いの散歩、ショッピング、コンサートなどのイベント、美術館、博物館、食事となんでも楽しむことができる。

横浜は便利になった。しかし便利と個性はおうおうにして両立しない。知名度抜群の横浜は説明のいらない小説舞台として扱いやすかったし、個性的だった頃の横浜には依然として魅力を感じてはいたが、正直に言って、八〇年代、九〇年代の横浜には、これといって心惹かれるものが見つからなかった。

なぜ横浜はそうなったのか。

ベトナム戦争が終わったからである。平和が横浜を没個性にした。なんと皮肉なことか。

一九七五年、サイゴンが陥落し、ベトナム戦争は終結した。本牧の米軍住宅地も返還され、米兵相手の店は次々と撤退し、アメリカ色は一気に薄らいだ。同時に、横浜はただの、言ってしまえばありふれた大都市でしかなくなってしまった。太陽のおかげで月が輝くように、アメリカの光を受けて横浜は輝いていたのだ。戦後、というより、幕末の開港以来ずっと——。

ゴールデン・カップスも同じである。彼らは「アメリカ色の横浜」ブランドで売り出した。しかしもうそのブランドはマジカル・パワーを発揮しなくなってしまった。

GSは一流も三流も等しく消えていったわけだが、その点において、ゴールデン・カップスの場合は「消えていった」の意味合いが、他とは違っていたのである。

そしてさらに、おまえらは物真似に過ぎないじゃないか、と言わんばかりに、日本語で、しかもレコード会社のお仕着せではなく自分たちの言葉で唄うフォーク歌手たちが、GSに代わって台頭してきた。吉田拓郎、小室等、井上陽水など——。

そんな中、ゴールデン・カップスのメンバーたちはどこへ散っていったのだろう。

*

楽器は押入れの中に隠してしまった。さわろうって気にならない。

（柳ジョージ『ランナウェイ——敗者復活戦』より）

ブームが去ってから、GSのスターたちの多くが、しばらくは似たような心境だったのではないだろうか。

元タイガースの沢田研二、元テンプターズの萩原健一、元スパイダースの井上堯之というGSビッグネーム三人が組んだバンド「PYG」でさえ客が呼べず、あっというまに解散している。

柳ジョージもレニー・ウッドを率いて第一線に復帰するまで、慣れぬサラリーマンをやったり、電話線工事の肉体労働をやったり、また、デイヴ平尾やルイズルイス加部などとともに京都の「ママ・リンゴ」で少しだけバンドの仕事をしたりという、先行き不安な鬱々とした日々をおくっている。

マモル・マヌーにいたっては、一時、芸能界を去り、宝石鑑定士への道を歩みかけたようだ。でも物足りなかったのか、地方で水商売の店を出したりしたこともある。が、それもうまくいかず、結局、芸能界に戻った。

デイヴ平尾は持ち前の愛嬌と喋りで、バラエティ番組やドラマに出演した。だがこの人の場合も、芸能界でやっていくには欲がなさすぎたのだろう。無類に人が良くて裏表のないところも、周囲には愛されるが仕事の面では得にならなかったようで、だんだんと出番は減っていった。ゴールデン・カップスのメンバーを集めてコンサートも行われたが、あとが続かない。とにかく生活の糧と唄う場を確保しようと、一九八二年、姉から借金をして六本木のライブ・パブを居抜きで買った。

「ゴールデン・カップ」と名付けた店で、彼は昔のヒット曲を毎夜、唄う。「長い髪の少女」「銀色のグラス」「愛する君に」「いとしのジザベル」「過ぎ去りし恋」など、ゴールデン・カップス時代は「日本語の歌なんてみっともない」と公言し、あえてステージでは唄わなかった歌だ。いまそれは、彼の大事な財産になっている。

「でも、最初のメンバーの中で、いまのところ一番安定してるのはデイヴでしょう」

と、元マネージャーの原一郎氏は言う。

「最近は世の中の景気も悪くなって客足が前ほどではないみたいですけど、開店してからの数年は凄かったですよ。行列ができてましたもん。GSのファンだった年代の人がやっぱり多かったかな。とにかく借金なんて一、二年できれいに返したんじゃないでしょうか。経営のイロハも知らないデイヴに代わって、店をしっかりみてくれた後輩がいたことも幸運でしたね。人に恵まれるというのも、やっぱりデイヴの性格がいいからでしょう」

一九八三年には『横浜ルネッサンス』というLPも出している。藤竜也、阿木燿子、エディ藩、ルイズルイス加部、アイ高野などが作詞、作曲に顔を揃えた豪華版で、タイトルどおり、横浜を舞台にした詩ばかりで構成されている。中でも、メリーさんをイメージしたような「マリアンヌ」、ベトナム帰還兵の病んだ心を歌った「ジョー・ジャコミン」がいい。

しかしデイヴ平尾が店で歌うのは、ゴールデン・カップス時代のヒット曲なのである。

＊

ルイズルイス加部は、ゴールデン・カップスをやめてから、火薬取締法違反で一回、薬物取締法違反で三回も逮捕されている。

「知り合いの外人から貰って、機関銃の弾、持ってたの。それが火薬取締法違反。過激派じゃないかと思われたみたい」

ドラッグは京都の「ママ・リンゴ」で仕事をしていた頃、いったん断ちきったものの、酒があまり好きではないこともあり、また手を出してしまった。中毒になって入院をしたこともある。なにもかもうまくいかなくなると、柳ジョージがそうであったように、ルイズルイス加部もギターを見るのさえ辛くなった。触ることさえできなかった時期もある。

「いろんなバンドを渡り歩いたけど、ロックをやってると、どうしても外人の溜り場みたいなとこに出入りすることが多くなるんだよね。そういうところでは、いやでもクスリが手に入ったし……」

この人の場合、昔もいまも、プロ意識は希薄かもしれない。音楽を無類に愛している人ではあるが、自分の才能を大切に扱っているという感じもない。むしろ投げやりにさえ見えるのに、周囲が彼の才能を惜しんでいつも引っ張り上げた。幾つかのバンドを渡り歩き、その後しばらくアメリカに滞在し、帰国した後、チャー、ジョニー吉長と組んだピンク・クラウドで、また第一線に返り咲く。

「ピンク・クラウドは一番好きだったね。十四年間……もっとやったかな。その時も覚醒剤で捕まったんだけど、バンドのイメージからしてドラッグは違和感なかったらしくて、仕事にはほとんど影響なかったね」

だが、彼は結婚していて娘が一人いた。その娘にだけは申し訳ないと思った。

「結婚生活はずっとうまくいってなかった。でも離婚したら娘と別れることになると思うと、悲しくてできなかった」

大人とはうまくいかないが、犬、猫、兎、子どもへの愛情は深い。仕事以外に外へもめったに出ず、

「家で動物と遊んでるか、ギターいじってるか、ぼうっとテレビ観たりファミコンやったり……」

だからわたしがルイズルイス加部と会うのも、いつも彼の自宅か、その近くにある喫茶店だった。

「いまの若いミュージシャンって、女の子のほうがいいね。日本のもあちらのもおもしろいバンドがいっぱいあるんだけど、女性のほうが音楽的にもしっかりしてるしパワーがある。男は

なんかねえ、かっこいいのが少ないな。気持ち悪い。てめえ、男だろ、なめんなよって言いたくなるような、ね」

元祖ビジュアル系ではあるが、この人の場合、化粧もしていなければ凝った服装もしていない。天然のビジュアル系。

勝手に想像する経済状態からすれば、ブランド物など身に付けていないのではないかと思うのだが、たとえスーパーの安売りのワゴンにあるものでも彼が着るとさまになるだろう。

「こないだ、ほら、横浜にいた女の人で真っ白に白粉塗って、売春してた人、あの人のことをテレビでやってたね」

ある時、話のあいまにいきなり彼が言った。そのテレビ番組とは、五大路子さんの『横浜ローザ』を紹介したテレビ神奈川の番組だ。

「メリーさんのことですか?」

と問い返すと、

「そうそう、メリーさん。あの人、いいよね。なんか惹かれる」

いきなりメリーさんの名前が出たことで、わたしは驚いた。だがその話がきっかけになって、彼は自分の母親もGI相手の仕事をしていたと打ち明けてくれたのだ。クスリで朦朧となっていた時、根岸外国人墓地にいつのまにかさまよいこんでいた、という話も、その時、出た。

「あれ、二十三くらいの時だったと思う。ほんとに荒れ果てたところで、すごく奇妙な気分だった。なんだろうここは、なんでこんなとこに来ちゃったんだろうと思った。市営なの？意図的に忘れられてたか、隠されてたか、そんなふうにしか思えないね、あの感じでは……。じつは、エディの出した『丘の上のエンジェル』のジャケット写真見て、あ、この場所だ、というのをあらためて思い出したんだけどね」

そのジャケット写真は、何本かの小さな木の十字架の中にエディ藩が立っているものだ。この日の別れぎわ、ルイズルイス加部は呟くように言った。

「ＧＩベイビーの歌か……。おれもそういう歌を作りたいな。おれが作んなきゃいけなかったんだよね……」

＊

「失礼ですが、ミッキー吉野さんですか？」

会った時、思わずそう尋ねてしまった。それほど彼は痩せていた。ゴールデン・カップスの頃もゴダイゴの頃も、丸まると肥った外見が彼の特徴だったのに――。

場所は磯子にある彼のスタジオ。長い髪にシンプルなシャツ、巻きスカートというエスニックな格好で、ミッキー吉野は立っていた。笑顔にかろうじて昔の面影がうかがえる。

「こないだまで六週間、入院をしてたんですよ。ケネス伊東と同じで心臓が悪かったんです。

彼もそうでしたけど、肥ってたこともよくなかったんでしょうね。だけどこのとおり、入院とそのあとの調整ですっかり体重を落としました」

設備の整ったミキシングルームへ、彼はわたしを案内してくれた。なんとなく他のゴールデン・カップス・メンバーとは雰囲気が違う。ルイズルイス加部もエディ藩もマモル・マヌーも、どこか世の中に背を向けたような気配があったが、この人には、いつも陽の当たる場所にいたい、人の心を捕えたい、自分を理解して欲しいという、熱気を感じる。

彼は十六歳でゴールデン・カップスのメンバーになった。GSのミュージシャンの多くは中学生以降に誰かからギターやドラムを習って音楽と馴染んでいるが、ミッキー吉野は三歳からピアノを習ってきた正統派だ。裕福な家庭だったのだろう。子供に音楽を習わせたりする家は、あの頃、そうはなかった。メンバーの中でただ一人、譜面が読めたのも彼だ。

「ケネス伊東と入れ替わりに入ったんですよね。そして今年、同じ病気でケネスは死に、ぼくは病院からまた社会へ復帰した。不思議な因縁を感じます。おれが逝くから、お前は生きてて音楽やれって、彼が押しだしてくれたみたいな気がするんです」

彼の音楽との関わりはクラシックから始まった。しかし近所に外国人が多く住んでいたせいで、ポピュラー音楽も自然と耳に入ってくる。プレスリーなどは幼稚園の頃から聴いていたが、クラシックからポップスへと興味を移行させるにあたっては、子供の頃から大好きだった映画でカーメン・キャバレロに感動してからである。

バンド活動はかなり早くから始めていた。まだ後のゴールデン・カップスのメンバーが基地の外で演っていた頃、ミッキー吉野はすでに、外国人たちに混じってベースの中でも演っている。中学生だというのに売れっ子だった。月曜は横須賀のＥＭクラブ、木曜は山下町のゼブラクラブ、金曜と土曜は関東近辺の基地に住む外国人少年少女のためのティーンエイジクラブ。

日本の大人たちはバンド少年を快く思わなかったが、外国人の父兄は子供たちのダンス・パーティのために楽器運びまでしてくれた。ギャラは平均すると一晩十ドル。一ドル三百六十円の時代だから、週四日演奏すると一週間あたり約一万五千円にもなる。一ヵ月だと六万円。同じ頃、広告代理店でコピーライターをしていたわたしの月収は三万円だった。その倍の金額を、中学生がアルバイトで稼いでいたのである。

日大付属高校に進学した頃は、税金もちゃんと納めていた。このまま音楽で食べていこうという考えはまったくなかったが、学校が彼に選択を迫った。ＧＳをやめるか学校をやめるか、どっちかに決めろと。

同級生に、当時アイドルだった俳優の永井秀和がいた。彼も芸能人なのにどうして学校をやめなくていいのかと先生に尋ねると、俳優はいいがＧＳは不良だから駄目だと言う。それならいいや、学校より音楽のほうがずっと楽しいからと、あっさり学校をやめた。ゴールデン・カップスの「長い髪の少女」が大ヒットしている頃だった。

「キーボードをどうしても入れたがったのはエディなんですよ。ゴールデン・カップスとは前からセッションをやったりしてたから、違和感なく入れましたね。ジャケットに名前は出ないけど、前からスタジオ・ミュージシャンとして、録音の時キーボードをやってたんです。ゴールデン・カップスだけじゃなくてタイガースとかワイルド・ワンズとか、モップスともやりましたね。ゴールデン・カップス、とくにエディ藩は音楽的に見て抜群にかっこいいと思ってたから、一緒にやれるのは嬉しかったですよ」

当時のGSたちは、大多数が、ずっと音楽をやっていこうなどと考えていなかった、と彼は言う。このブームが長く続かないことを当人たちも察していたし、ずっとやっていきたいと思うほど音楽を愛していた者も、そう多くはいなかった。

「それに較べるとゴールデン・カップスのメンバーたちはほんとに音楽好きでした。オリジナルを作る力は充分あったんですよ。実際作ってたし……。でもそれはGS路線に乗らないから、ほとんど採用してもらえなかったんです」

彼はゴールデン・カップスに二年半在籍した。そして大麻事件でアメリカへ――。

「ぼくは高校中退だけど、バークレー音楽院ではスキップ進学させてくれたんです。アメリカっていいなあと思った。実力があれば、ちゃんとそれを認めてくれるわけですから」

アメリカでスコットランド人の恋人もできて結婚した。

「バークレーにいる間に、メッセージとして世に出したいことが積もり積もっていったんです。ぼくらは良くも悪くも戦後を背負って育ってきた世代ですよね。アメリカ崇拝はものすごかった。アメリカのことならなんでも良く見えた。アメリカとよその国との戦争の恩恵も、気がついたらたっぷり受けてたし……」

でもアメリカに留学し、内側からアメリカを見るようになると、微妙に考えが変わってきた。

「文化がないんですよ、アメリカって。一方、日本は文化の国です。いつのまにか経済国みたいになっちゃったけど、絶対に文化の国だと思うし、そうあるべきなんです」

アメリカでは人種差別も目の当たりにしたし、我が身に感じてもきた。そのせいで彼は、アジアのほうへ目を向けたのだろうか。一九七六年、アジアン・テイストのロックグループ、ゴダイゴを立ち上げる。ゴールデン・カップスをよく覚えていないわたしも、ゴダイゴで、迫力のある体に長い髪を波立たせていたミッキー吉野の姿はすぐに思い出すことができる。「ガンダーラ」「モンキー・マジック」などは、アジアを視野に入れた和製ロックの嚆矢《こうし》としていまだに印象深い。

一九七二年に国交回復した中国へ、ミュージシャンとして最初に入るのが夢だった。そしてゴダイゴはそれを実現した。ゴールデン・カップスは日本におけるリズム・アンド・ブルースの先駆者だったが、ゴダイゴは、アジアからアジアの音楽を発信するという意識を明確に持った、最初のロック・グループだったかもしれない。

「ええ、そうです。ゴールデン・カップスの時もゴダイゴの時も先例がなかった。いつだって手探りで開拓してきたんです」

音楽でなくてもそうだ。わたしたちの世代は、敗戦で社会の価値観が百八十度変わった直後に生まれた。親を含めた大人たちは、その変化に対応できない。モラル、教育、女性のありかた（女性に選挙権が与えられたのは戦後である）――すべてに関して、アメリカが持ち込んだ民主主義と戦前の常識との間でおろおろしていた。その混乱の落とし子である私たちは、とりあえずアメリカをお手本として真似から入るしかなかったのである。

お手本にした理由は、アメリカが戦勝国だったからではない。「……してはいけない」「……すべきだ」と、上からの押し付けが多い従来の日本社会より、自由で開放的なアメリカ式民主主義のほうに、より魅力を感じたからだ。どこかじめついた演歌より、エネルギーを湧き立たせてくれるようなロックやポップスを好んだのも、若い感性にそれがぴたりと合ったからである。

しかしふと立ち止まってみれば、欧米に夢中になるあまり、貴重な東洋の文化まで切り捨ててきた。それに人々が気づき始めたのが、七〇年代後半あたりだったのだろう。

ミッキー吉野の方向性はその意味でとてもよかった。狙いどおりの成功も収めた。ゴダイゴは日本のロック・グループとしてオリジナルをひっさげ、幾つもの海外公演を果たしている。

だがこの人も、音楽を商売と割り切ることがなかなかできない。ゴールデン・カップスが「横浜、不良、最先端」などのイメージを背負わされたのと同様、ゴダイゴも「アジア、平和」などの看板を背負わされた。CMソング、ドラマの主題歌など、人気があるゆえの商業主義的音楽もどんどん作らなければならない。それがだんだんわずらわしくなる。看板にこだわらず新しいものをどんどんやっていきたいと思っても、商売にならなければレコードを出すことはできない。

「ゴダイゴが九年間も続いたのは、三年ごとに契約が更新されたからです。それがなきゃ、ゴールデン・カップスの時と同じようにもっと早く解散してたでしょう。だんだん欲求不満が溜まってくるんですよね」

ゴダイゴ解散の翌年に、彼は音楽学校と、磯子にあるこのスタジオを設立した。

「自由に音楽をやりたかったんです」

しかし彼もルイズルイス加部と同様、ドラッグの魅力に捕らわれてしまった。覚醒剤で逮捕され、これまでの華々しい活躍がゼロになりかねないほどのダメージを受けている。「ピンク・クラウド」というアウトローなイメージのバンドにいたルイズルイス加部と違って、ミッキー吉野の場合は、ゴダイゴで健全イメージが強くなっていた分、ダメージも大きかった。

スコットランド人の妻とも昭和が終わると同時に別れた。音楽学校も一九九二年にやめた。しかし音楽に対する情熱は、なにがあろうと薄れない。

「自分が生まれてきた時に世の中で起きたことというのは、それを体験するしないにかかわらず、自分の中にインプットされてるんじゃないかと思うんです。戦後の横浜に生まれたぼくは、戦争とか平和とか地球とか、そういうことが頭から離れない。だから音楽でそれを考えて、訴えていくしかないと思っています」

一九九三年『ハート・オブ・ヨコハマ』というアルバムを製作して、各国の行政機関に送った。「我々こそが地球の年輪である。いいことも悪いことも含めて認めよう」という内容のメッセージをつけて。

すぐに反応があったのが国連とホワイトハウス。送って一週間で手紙がきた。フランスの文化大使からも半年遅れで届いた。いずれも、「こういう活動は必要です。ぜひ続けてください」というものだった。一九九五年には「戦後五十年・長崎平和コンサート」をプロデュース、同じ年に中国政府から大連に招かれ、ソロ・シングルとして発表した「Return to China」を初演した。

オリジナルを、いまも精力的に作り続けている。詞も中国語、日本語、英語で書く。そしてこの人の愛は地球規模のものだけに向かっているのではない。昔の仲間にも向けられている。ゴールデン・カップスの解散時のドラムスを担当していたアイ高野のことを歌にした。アイ高野の両親は離婚したのだが、父親はジョージ高野というサックス奏者である。彼は「ジョージア」というレコードを置いて息子の元を去った。アイ高野は繰り返し繰り返しそのレコードを聴いた。その話をもとにしてミッキー吉野は歌を作った。

スタジオでそれを聴かせてもらったが、男のやさしさに満ちた、いい歌だった。

「四十過ぎてから、いろんなことが見えてきたんです。世界のことも、自分のことも、友達のことも……。それから自分で詞を書くようになったんです。そういえば、中国に惹かれたのもエディ藩との出会いがあったからかもしれませんね。クスリで捕まって、小菅の刑務所を出てきた時、ふっとエディの顔が浮かんだんです。その時、『Return to China』という歌ができた。あ、そうだ、エディのことを唄った歌もあるんですよ。『横浜ホンキートンク・ブルース』のアンサー・ソングで『ブラザー』っていうんです」

それをかけながら、ミッキー吉野はしみじみと言った。

「ブルースのエディ藩なんて言われて、暗いイメージを押し付けられちゃってるけど、ぼくの中にあるエディは、なにか好きなものを見つけて、うれしそうにニコッとしてるエディなんです。誤解されやすい人だけど、ほんとはやさしい男なんですよ。すごくやさしい……」

それからこう付け加えた。

「ゴールデン・カップスというのは、単なる音楽グループじゃなかったんですよ。ひとつの生き方だったんです。そういうタイプの見本として、当時、若者の心をつかんだのだと思いますね」

＊

また夏がきて、七月生まれのエディ藩も八月生まれのわたしも、共にひとつ歳をとった。その暑い日盛り、わたしは彼のあとについて小田原の競輪場へ出かけた。エディ藩とギャンブルは切り離すことができない。ある意味で音楽よりも女よりも、彼の人生と色濃く関わっている。その場にいる当人を見てみたくて、一度ご一緒させてくださいと頼んではあったのだが、これもまた例によって急な誘いだった。

「よかったらいまから行きませんか。三十分後に横浜駅で待ってますから」

わたしは大慌てで支度して、電車の中でも走りかねないほどの焦りようで駆けつける。

「踊り子号」で小田原に向かう車中、向かい合った席で、ぽつりぽつりといつものように居心地の悪い会話を始めた。もう何度も会っているし、「ストーミー・マンデー」にもずいぶん通っている。一緒に歌まで作った。なのにどうにも話がしづらい。初めて会った時から立ちはだかっている壁が、いまだにかけらほども崩されていない気がする。

「どうして？　あなたが言うほど話しにくい人だとは思わないけど」

ある友達は、わたしにエディ藩を紹介されてちょっとお喋りしたあと、そう言った。そうかもしれない。問題は、いま一歩踏み込んで、あげくのはてに拒否されることを恐れるわたしのほうにあるのだろう。

ゴールデン・カップスのほかのメンバーにも会った、と言うと、

「あ、そう？」

と、彼はいつものように少しだけ視線を外して頷いた。

「みんなで横浜に集まって、酒飲んでだべったのって、ほんとに久しぶりなんだよね」

この年の春、ケネス伊東が亡くなった際のことだ。

「デイヴなんか、ケネスのこと話してて泣きだしちゃったんだよ」

人情家のデイヴ平尾らしい話だ。

「マー坊（ルイズルイス加部）のことなんかも昔は嫌いだったけど……だってほら、すっぽかしの常習だったでしょ？　こいつ、みんなの足引っ張って、と腹がたってね。でも彼の心がいかに純粋かというのも、離れてからよくわかったし……。ミッキーは、まだ体が完治してないでしょ？　おれも肥ってるから他人事じゃないけどね」

「どんな話が出たんですか、久しぶりに集まって」

「ゴールデン・カップスを再結成したいって、みんな言ってるよね。『長い髪の少女』をまたやるんじゃなくて、いまのオリジナルでね」

その話は前にも聞いたことがある。メンバーひとりひとりに尋ねてもみた。ミッキー吉野もルイズルイス加部もマモル・マヌーも同じことを言っていた。ただしリーダーだったデイヴ平尾だけは、「全然やりたくない」と言下に答えたが……。

「『丘の上のエンジェル』も、あのメンバーでやっていただきたいですね」

「やりたいね。でも難しいね。誰がそれをとりまとめるかだよね」

そのとおりだ。ゴールデン・カップス時代からまとまりというものがないグループだったというのに、こうしてばらばらになってしまったいまは、よほど強力なリーダーがいなければ無理だろう。リーダーと言えばデイヴ平尾だが、彼にはその気がない。この企画はどうやら夢のままで終わりそうだ。わたしは話を変えた。

「市役所の衛生局が慰霊碑にストップかけたの、ご存知ですか？」

「ええ、聞きましたよ」

「どう思います？」

「そんなもんでしょ、役所なんて」

「でも、おかしいと思いません？　いまは山手ライオンズクラブに止められてるから我慢してますけど、このまま延期が続くようなら行ってこようと思うんです、衛生局に。あの墓地の埋葬者について、向こうの考えを聞きたいんです、ちゃんと。それにチャリティCDに関わって、いろんな人にそれを買ってもらったという責任もあるし……」

「やめたほうがいいですよ」

「どうしてですか？」

「創作する人間は、そういうことに関わらないほうがいいですよ」

このあたり、自分の創作を国連やホワイトハウスに送るミッキー吉野とは正反対だ。エディ藩が表現するものは音楽だが、ミッキー吉野は音楽を通じてメッセージを送ろうとしている。

それにしても「丘の上のエンジェル」の場合は、明確にある意図を持って作られたものなのだから、それに対するエディ藩の考えをわたしは知りたかった。なにもないはずはない。華僑という特殊な立場に生まれ、鋭い感受性を持ち、凡人にはとうてい体験しえない天国と地獄に、ふたつながら身を置いてきた人なのである。

しかしそういうことになると彼は絶対に語らない。わたしも無理に聞きだそうとするのはやめて、外側から推し量るしかない。

小田原駅からは競輪場へ行く人専用のバスが出ていた。平日だったせいか、それほど混んではいない。競輪は初めてなので、わたしはちょっと胸ときめかせている。その気配を素早く察したエディ藩が、

「山崎さん、好きなのかもね、賭け事が。はまると危ないよ」

と真面目な顔で忠告してくれた。

競輪場には、いつも「ストーミー・マンデー」で顔を合わせる予想屋さんや両替屋さんがいる。彼らはエディ藩の友人だ。彼らと接している時、エディ藩は「自分はミュージシャンだ、いまだに横浜ではカリスマだ、ただの賭け事好きじゃない」という顔はみじんも見せない。好きなことをやっているだけの、人のいい普通の男になる。

しかしミュージシャン・エディ藩になると、いきなり屈折したプライドを表に出し、それが顰蹙をかうことも少なくない。まだ彼が無名だった頃の、横浜の仲間たち——少年の頃、エディ藩と同様アマチュア・バンドをやっていた人たちで、昔の本牧や山下町あたりの遊び仲間

たち――が、ホテルで親睦パーティを開いたことがある。その際、元のゴールデン・カップスのメンバーなどに友情出演を請うた。ミッキー吉野やマモル・マヌー、元タイガースの岸部シローなどは駆けつけて歌をサービスしたが、エディ藩は行かなかった。それどころか、「おれはプロだ。そんなとこへ行ってただでサービスなんかする必要はない」というスタンスをあらわにしたらしく、パーティでは「なにを気取ってるんだ」という声も聞こえてきた。

わたしもじつは、そうしたところへ積極的に出てくれたら、という気持ちがなきにしもあらずだった。CDのことを宣伝し、たとえ何枚かでも買ってもらうチャンスではないか。

しかしもちろん、それはわたしの勝手な希望に過ぎない。今回のように新曲を出した直後だろうとそうでなかろうと、彼はそういう場には出なかっただろう。

音楽業界には「夜店」という言葉がある。夜の店、つまりクラブやキャバレーなどで酔客を前に歌うことだ。元ゴールデン・カップスのメンバーだった人で、あまりこだわりなく夜店に出るのがデイヴ平尾とマモル・マヌー、たとえ貧乏しても夜店には出ないというのがエディ藩、ルイズルイス加部、ミッキー吉野だ――と、ある人が言っていた。エディ藩にとっては、アマチュア時代の知り合いが集まるパーティで歌うことも、夜店に出るのとそう変わりなく思えたのかもしれない。

夏空の下で競輪選手たちが走る姿は美しかった。そう言うと、

「きょうはいいレースでいい選手が出てるから、走る姿も美しく見えるんですよ。普段はそう

じゃないですよ、腹の出たおっさんが自転車こいでるだけだから」

と、エディ藩は苦笑した。

わたしは最初のレースをエディ藩の言うとおりに買った。すると五千円が二万七千円になった。あとはそれを元手に好き勝手にやらせてもらい、結局、全部すってしまった。エディ藩のほうはとんとんだったらしい。

すべてのレースが終わって、エディ藩の友人である予想屋さん、両替屋さんと一緒に食事でもして帰ろうということになった。すると予想屋さんが、

「ユーヤさんが来てますよ」

と言う。ユーヤさんとはロック歌手の内田裕也のことだ。

内田裕也は一九四二年の生まれで、わたしやエディ藩より五歳年上である。高校時代から関西のジャズ喫茶に出入りしていたところを渡辺プロダクションにスカウトされ、上京して六〇年のウエスタン・カーニバルに初出場した。俳優、監督としても活躍しているが、終始一貫して、ロックン・ローラーの姿勢を崩さない人である。後輩の面倒見がいいことでも知られており、ゴールデン・カップスが初めてテレビ出演した時には、まるでマネージャーのように親身になって世話をやいたという。

わたしも内田裕也とは少しだが縁がある。わたしのデビュー作を原作とした『花園の迷宮』という映画に、内田裕也が出演しているのだ。そのパブリシティがらみで対談したこともあ

る。もっともその時は、向こうもわたしもなにを話したらいいのかわからず、なんとなく双方、困惑しているうちに終わったという、あまり実体のないものだった。だからもしかすると内田裕也の方はわたしの名前すら忘れているのではないかと思ったが、嬉しいことにちゃんと覚えていてくれた。会ったのは約十年ぶりだ。

それにしても異様な風態だった。ぶかぶかのシャツに黒の短パン、背中の真ん中あたりまで長く伸ばした髪、頭には白いタオルを巻いている。手には大きな布製ボストンバッグと衣装バッグ。競輪場のハシゴをして、小田原で降りたらしい。そして有り金残らず、すった。もうそのことしか頭にない様子で、挨拶もそこそこに、

「六、三買っときゃよかったんだよな。八、六なんか買っちまって」

というようなことばかり言い続けている。

なにしろ目立つ外見だし、そうでなくとも顔を知られている人だから、競輪場から出てくる人が何人か声を掛ける。

「内田裕也さんでしょ?」

「八、六、買っちゃったんだよ、八、六!」

その相手に向かって、内田裕也は真剣な顔で言う。頭の中は外れた数字のことでいっぱい。自分が有名人だろうが、相手が見知らぬ他人だろうが、もうどうでもいいという感じ。なるほど、この人は万年少年のロックンローラーだ。

近くの居酒屋へみんなで入った。そこで飲み、食べながら、内田裕也という人の繊細な気遣いに初めて触れた。都知事選に立候補したこととか、たわいもないことで誰かと喧嘩をしたことなどを、彼はおもしろおかしく話して座を盛り上げる。その話の要所要所で、

「ね、そうでしょ、山崎さん」「そう思いませんか、山崎さん」と、わたしに話を振ってくれる。その場に女はわたし一人だったので、男同士の話になってしまってわたしが取り残されることがないよう、彼は気を遣ってくれたのだ。

「じゃ、きょうはこれでお開きにしましょう」

そこを出るとエディ藩が言った。しかし予想屋さんは、せっかく内田裕也に会ったのだから、自分の知り合いの店にぜひ案内したいという。

「だめだよ、裕也さんは酔うとおかしくなっちゃうから」

エディ藩が声をひそめてかぶりを振る。内田裕也自身も、きょうはどうしても東京へ帰らないといけないからまた今度、とていねいに固辞している。しかし予想屋さんは、どうか自分の顔を立ててほしいと頑張る。芸能人はたいへんだ。

「店のママがどうしても連れてきてほしいって言うんですよ。ちょっとだけ。ほんとにちょっとだけだから」

結局、渋い顔でエディ藩も頷き、わたしたちはこぢんまりとしたスナックへ案内された。そこでいくらも飲まないうちに、内田裕也の目がいきなり据わってきた。

「こら、エディ、おまえ、女に悪いことすんじゃないぞ！」

言うことも、明らかに酔っ払いのそれだ。かたやエディ藩は、いくら飲んでも変わらない。

「なんにもしてませんよ」

さからうことなく、ぽつりと応じる。

凄まじいのはそのスナックに来ていた中年女性二人だ。

「ユーヤさん、きゃー！　あたしの青春だわ、ファンなのよお！」

「抱いてぇ！　ねえ、踊ってよお！」

それだけならいいが、

「セックスして、お願い！」

などという身もふたもない言葉まで飛びだす。そして内田裕也に抱きつき、むりやりダンスしようとする。

しかし内田裕也は、さすが長いこと芸能人をやってきただけのことはある。さっきまでとはまるで人格が変わってしまうほど酔っ払い、女性客が抱きついてくるのにまかせながらも、決して自分では相手を抱き返したりはしない。腕はあくまでだらんと下ろし、なにを言われても、酔って聞こえないふり（わたしはそう思った）でノー・コメント。まあ、相手が若い美女だったら対応がまた違っていたのかもしれないが――。

「ちょっと唄おうかな」

手持ちぶさたにしていたエディ藩が呟き、カラオケが始まった。「国境の南」「煙が目にしみる」など、「ストーミー・マンデー」では一度も聴かせてくれたことのない歌ばかりだ。

素晴らしい声だった。しかし内田裕也にからみついている二人の女性客は、エディ藩の名も知らなければ歌を聴こうともしない。彼女たちは歌なんかどうでもいいのだ。世間的な意味合いでの有名人に会って興奮しきっている。女性二人の猥雑な嬌声をつとめて耳から追い払い、わたしはエディ藩の歌を独り占めした。

カラオケができてから、歌のうまい人が多くなった。プロのように唄う人はいくらでもいる。しかし上手なアマチュアとほんとうのプロは、やはり違う。声量やコブシの問題ではない。プロが唄うと歌に世界が生まれる。いやらしくない色気に包まれる。

誰に聴かせるともなく、無心に次々と唄うエディ藩に聴きほれながら、わたしはそんなことを考えていた。

そろそろ新幹線が最終になる。エディ藩が予想屋さんに目配せして、今度こそ座をお開きにさせた。くだくだと同じ言葉ばかり繰り返している内田裕也をみんなでむりやり駅へ引っ張っていく。もう最終の「こだま」は発車寸前だ。ホームに上がると内田裕也が突然走り出した。

「ばか！　ばか！　ばか！」

と窓に向かって叫びながら先頭車両のほうへ向かっていく。発車ベルが鳴っているので、仕方なく他のみんなは手近なドアから乗り込んだ。動きだしてからエディ藩とわたしで内田裕也

を捜しにいく。どこにもいない。一番前の車掌室へ行き、

「内田裕也さんがここから乗ったと思うんですけど」

と、エディ藩が車掌に尋ねた。

「え、あれ、内田裕也だったんですか？」

若い車掌が目を剝く。

「ただの酔っ払いだと思った」

内田裕也は、「この野郎、なんだこれは」というようなことを言って車掌にからんだらしい。車掌は、

「お客さん、乗るんですか？　乗らないんですか？　乗らないのなら、危ないから下がっててください」

と言い、内田裕也は、

「誰が乗ってやるかよ、こんなもん！」

と、だだっこのようにわめいた。で、結局、乗らず、ホームに独り、残されてしまったというわけだ。彼の大きなバッグは両替屋さんの手にある。

「大丈夫なんですか？」

わたしが聞くと、エディ藩はのそりと答えた。

「大丈夫ですよ、いつものことだから。荷物は誰かに言って取りに来てもらえばいいし」

内田裕也はいつも弟分のような歌手たち――ジョー山中、安岡力也、エディ藩といった人々――に囲まれ、やんちゃを繰り返している。世間の常識とか道徳とかいうものから見ればハチャメチャだ。

中年の不良はまさにブルースである。はたから見ている分にはおもしろいし、時には憧れ、喝采を送りたい気にさえなるが、妻だの子供だのといった、彼らの生き方に人生を左右される立場にいる者はたまらないだろう。エディ藩の場合ももちろん、世間的な意味でのまともとはほど遠い。

＊

エディ藩は二十八歳で結婚している。妻は日米の混血でモデルだった。結婚式の写真を、エディ藩に近い人から見せてもらったことがある。正装のチャイナドレスに身をつつんだ美しい新婦が、タキシード姿のエディ藩と一緒に円卓の客たちに挨拶をして回っている。中国式の結婚式を挙げたのだろう。

華僑は身内の結束がかたい。その分、親戚づきあいもたいへんだ。ましてやエディ藩のうちはしっかりもののお母さんが頑張っている。そういう環境にあって、嫁である彼女はじつによく頑張ったようだ。それに応じてエディ藩も、一応はよき家庭人になろうと努力はしたという。だが放蕩の血を鎮めることはできず、相変わらず博打と女から手が切れない。

二人の子供を育て、店を手伝い、身内に気を遣い続けた妻の忍耐にも、ある日ついに限界がきた。酒をしたたか飲んだあげく、帰宅した夫に包丁を突きつけたのだ。苦悩のあまり、とっさに手にしてしまったのかもしれない。本気で刺すつもりなどなかったのだろう。夫はそれを奪い取り、妻を殴りつけた。いつまでも殴り続けた。自分の名前が忘れ去られつつある日々の中で、エディ藩の心もすさみきっていたのかもしれない。

数日後、殴られた痕の痣を色濃くつけたまま、妻は子供たち二人を連れて、アメリカにある実家へ戻ってしまった。それっきり、エディ藩は子供たちにも会っていない。何人もの女性と付き合い、同棲もしたが、再婚はしていない。

もちろんそのようなことを、エディ藩は自分から喋ったわけではない。この話も、彼のごく身近な人から聞いたことだ。しかし小田原から戻って新横浜のカウンター・バーへ寄ると、葉の上で震えていた雫が揺れて落ちるように、断片的な言葉がこぼれてきた。

「さっき唄った『国境の南』も『煙が目にしみる』も、死んだ親父が好きだったんだよね」

「モダンだったんですね、お父さん」

「遊び人でね。親父がおしゃれして、きれいな女性をエスコートしてダンスホールへ行く、そして踊り始めると、みんな引いて見とれてたっていうもの。その分、おふくろが苦労したわけだけど」

「エディさんがミュージシャンになったことについては、お父さん、賛成だったんですか？」

「賛成なわけないでしょ、一人息子だもの。どうせ跡を継がせるんだから、いまは好きなことをやらせといてやろうと思って、高いギターを買ってくれたりアメリカへ行かせてくれたりしたんですよ。まあ、甘やかされたことについては、親父は仕事と遊び、おふくろは仕事一辺倒で、二人ともぼくをかまってなんかいられなかったから、金で補ってたようなところがありますよね」

「じゃあ、エディさんがゴールデン・カップスとしてデビューするっておっしゃった時は……」

「勘当ですよ。古いでしょ？　でもほんとに勘当されたんだから」

「でも音楽の好きなお父さんなら、内心では喜んでらしたんじゃないですか、エディさんがミュージシャンになったことを」

「どうだったのかねえ。でも、ゴールデン・カップスでプロ・デビューして初めてウエスタンカーニバルに出た時は、親父がおふくろと一緒に観に来たんですよ。舞台から見えるの、親父がにこにこしてるのが。おれはその時はねえ、ざまあみろ、勘当なんかしやがって、ほらちゃんとやってるだろうが、くらいの気持ちだったけど」

ロックのグラスに、ふと目を落とす。なにを思い出したのか、

「おれ、女の人にずいぶんひどいことしてきたと思うんだよね。いま、その報いを受けてるよ

うな気がしてしょうがない」

「ギャンブルは絶対にやめないんですか？」

「ほんとはやめたいんだと思う。柱に縛りつけてでも、おれをギャンブルに行かせないようにしてくれる人、欲しいと思うもの」

「歌は？」

「わかんない。ブルースのエディ藩なんて言われても、おれの人生はおれがなんとかするしかないし、人は勝手なことを言うだけで、べつにレールを敷いてくれるわけじゃないからね」

ぼそぼそと喋るエディ藩を見ながら、わたしはあらためて思った。チャリティCDを出したからと言って、この人に社会的な発言をさせようだなんて、どうしてそんなことをちらりとでも考えたのか。一緒に行政と闘ってほしいなんて、とんでもない考え違いだった。人はみな、心の中にいろんな思いを持っている。それを誰もが、上手な言葉や世間の納得する行動で表すことができるかというとそうではない。エディ藩は、根岸外国人墓地に埋葬されたかもしれない嬰児たちの気持ちを、さらにその親の気持ちを、わたしなどより、ほんとうはよく理解しているのではないだろうか。言葉や行動を表すには重た過ぎるものを、この人は、爪の先にまでぎっしりと抱え込んでいるのかもしれない。

その夜、エディ藩のオリジナル「淑珍《スーザン》」を繰り返し聴いた。顔と心に痣をつけ、子供の手を引いて中華街を去って行く女性の後ろ姿が、脳裏に浮かんでは消えた。

ビザが切れるから　飛行機取れたから
香港に帰るのと　お前は呟いた。
俺の手を抱きしめて　涙ぐむお前が愛しい
幸せの一歩手前で　別れが来ると
恋はなおさら辛い　淑珍　淑珍
淑珍　ＩＬｏｖｅＹｏｕ
（二番略）
今度逢う時には　この小さな町で
二人してささやかな　店でも開こうか
重なった素肌から　温かい温もりが伝わる
抱きあった　Ｂｅｄの中で　二人でいると
恋はなおさら辛い　淑珍　淑珍
淑珍　ＩＬｏｖｅＹｏｕ

（作詞・初信之介、作曲・エディ藩）

12　平和の後ろ姿

年が明け、一九九八年になった。しかし桜の季節になっても、慰霊碑建立の許可は下りない。この頃、「日経新聞」に小さく、チャリティCDの記事が出たのだが、それがまたもや衛生局の逆鱗に触れたらしい。

「『朝日新聞』と『日経新聞』、この二紙は影響力がすごく大きいんです。去年、山崎さんが朝日にエッセイ書いた時がそうだったでしょ。あの時からですよ、衛生局がヘソを曲げちゃったのは」

山手ライオンズクラブの依田さん、鈴木さんが、苦り切った表情で言う。CDのことがまさかこんなふうに裏目に出るとは、思ってもみなかったのだろう。

山手ライオンズクラブはすでに、GIベイビーのことを明記しないということで、一応、衛生局と折り合いをつけたらしい。なのにまた、その記事のために無期延期ということになったのだ。それにしても、ネックになっているのがわたしというのは、いかにも辛い。

「それでも、わたしは衛生局へ行っちゃいけないんですか？　去年からずっと我慢してるんです。もういい加減、向こうと直で話したいんですけど」

そう言うと、二人も今度は頷いてくれた。

「いままではねえ、衛生局をこれ以上、刺激して慰霊碑が建たないような事態になったらたいへんだと思って、山崎さんには我慢してもらってたんですけど、我々ももう限界です。ぜひ衛生局へ行ってください」

ああ、よかったと、わたしは胸を撫で下ろす。このままでは、「山崎洋子は一度もここへ取材に来ないで、勝手な憶測ばかり書いてる」と、衛生局に言われかねないではないかと、落ち着かないことこの上なかったのだ。

それにしても、じかに電話をして居留守でも使われたら困る。根岸外国人墓地の話にも最初からかかわってくれている編集者のM氏に、衛生局とのアポイントをとってもらうことにした。

最初、M氏は衛生局に対して、根岸外国人墓地のことで取材したい、ライターと一緒に行きますから、と言ったらしい。いいですよ、と応じてからちょっと間があり、

「なんというライターですか？」

と問い返された。

「山崎さんという人です」

「山崎、なにさんですか？」

「山崎洋子さんというんですが」

「え！」

というやりとりのあと、

「相談の後、こちらから電話します」

ということで、すぐにはアポイントがとれなかった。

なぜだろう。わけがわからない。わたしが衛生局へ取材に行くことは、内部で相談しなければならないほどたいへんなことなのだろうか。

二日後、K課長からM氏のもとに返事があった。

「山崎さんをここへ来させないよう、あなたから上手に言ってください」

というものだった。

なぜ？　ますますわからなくなった。

わたしは慰霊碑建立の当事者ではない。当事者は山手ライオンズクラブだ。そこから建立資金集めのためのCD制作協力を求められ、作詞という形でチャリティに参加した。エディ藩とのかかわりもあったが、根岸外国人墓地に、名もしれぬ嬰児が八百体以上も埋葬されている、しかもその多くはGIベイビーと呼ばれる混血児だということを聞き、たいへん衝撃を受けたことも事実である。そういうことならぜひ参加すべきだと思った。なんといってもその嬰児たちは、わたしと同年代なのである。

マスコミの取材にも喜んで応じたし、自分でもこれについて書いたり喋ったりした。横浜の住人であり、横浜を愛するものとして、山手外国人墓地のほかにもこういう外国人墓地があり、そこにはこんな人々が埋葬されているのだということを、一人でも多くの人に知ってもらいたかったし、これについての情報収集もしたかった。そういう気持ちで始めたことだった。

そこへ根岸外国人墓地を管理する横浜衛生局からクレームがついた。山崎洋子があんなでたらめを書くのなら、慰霊碑建立は許可しない、と言う。

その時点で、わたしは衛生局へ行きたかった。たしかにGIベイビーの件は、山手ライオンズクラブから聞いたことを鵜呑みにしただけだ。もし間違っていたのなら、なんらかの形で訂正したい。CDを買ってくれた人たちに対しても、そのくらいの責任は持ちたい。だからすぐに衛生局へ行きたかった。しかし山手ライオンズクラブとの話し合いで、その立場を考慮しているうちにこうして年を越してしまった。

その間、わたしなりに取材はしていたが、根岸外国人墓地に関することは、なんといっても管理者である衛生局が一番知っているはずだ。そこへ行けないまま、批判だけされているのは、たまらない気持ちだった。

それにしても衛生局のほうだって、間違った情報を流されるのは困るだろう。あなたはここが間違っている、これが正しいのだということを、ぜひわたしに言ってほしい。なのに、会うことを婉曲に断られたのだ。

まず最初に湧いてきたのは怒りだった。わたしなど、さほど害にもならない一介の物書きではないか。山手ライオンズクラブを、「あの作家がこんなこと書いたり喋ったりしているから慰霊碑を建てさせない」と責めるのなら、なぜ、当の本人の取材要請を拒むのか――。

「ともかく、ぼくだけでも行ってきましょう。このままになるより、一応、向こうの話を聞いてみたほうがいいですから」

と、M氏が言い、彼が一人で衛生局へ出かけていった。

衛生局側はその際、以下のようなことをM氏に言った。

「山手ライオンズクラブには確かに慰霊碑建立の許可を出した。しかしその時は、根岸外国人墓地全体の慰霊碑ということだった。なのにあのCDが出て、新聞などにもそのことが取り上げられ、まるで嬰児のための慰霊碑のような様相になってしまった。嬰児埋葬については、戦後の混乱期でもあり、そういうことも充分に考えられるから、作家が想像力を働かせてなにか書くぶんにはかまわない。しかし、あったという証拠がなにもない以上、市としては嬰児のための慰霊碑建立に協力するわけにはいかない。山手ライオンズクラブも、それはそうだということで了承している。一部の会員に、山崎さんは躍らされているのではないか」

慰霊碑のことに関しては、たしかに筋が通っている。でもそういうことなら、なぜわたしが衛生局へ行って直接その話を聞くことを拒まなければならなかったのか。いまひとつそのあたりが納得できない。

一方で山手ライオンズクラブのほうにも、慰霊碑建立はどういう名目で許可されたのかを糺《ただ》してみた。その結果、衛生局の言うとおりだったことがわかった。当初、山手ライオンズクラブは嬰児たちの慰霊碑をということで許可を申請したのだが、衛生局は、証拠になるような書類がなにもないのだからということで、許可していない。そこで山手ライオンズクラブのほうが折れて、名前のわからない人々を含む、すべての埋葬者のための慰霊碑、ということに方針を変えた。

しかしわたしはその経過を知らされておらず、嬰児のための慰霊碑ということだけを聞かされてCD制作に関わった。山手ライオンズクラブには悪気などなかったのだろうが、躍らされたというより、矢面に立たされたという感じは否めない。また、そういう話だったのなら衛生局が怒るのも無理はないだろう。

やはり早く衛生局へ行くべきだった。

「山崎さんにも、直接、いまのような話をしてもらえませんか」

と、M氏が言うと、衛生局側は、

「考えておきます。こちらから連絡しますから」

と、答えたという。なにを考えるのだろう。衛生局のやり方も、いまひとつわからない。迷惑なことをしてくれたと怒っているのならよけいに、きちんとそう言ってくれたほうがいい。

わたしは社会派といったふうな作家ではないし、行政にねじこんで物議をかもしたという過去もない。市が、文化事業などのために地元の文化人を集めてつくる委員会などにもよく参加させてもらっている。市の催しでは審査員なども務めたし、広報パンフレットなどにエッセイを書くことも多かった。なのになぜ、この問題ではそんなにも煙たがられるのだろう。こっちがお話をうかがわせていただきたいとお願いしているのに、「考えておきます」などと言われる理由はなんだろう。

なにかおかしいという疑問は、消えるどころか逆にふくらんでしまった。衛生局から「来てもよい」という許可をもらったのは、それから約一ヵ月近く後のことである。

＊

衛生局の会議室で、部長以下、五人の男性と、わたしは向かい合っていた。一人は筆記係で、ここで出た話をすべて書き留めているらしい。テープ・レコーダーではなくこういう形式でやるのが、役所の通例なのだろうか。こんなに何人も出てきてくれなくてもいいのに、と内心、思ったが、まあ、背広姿の男性にずらりと並ばれ、「それで、なにが言いたいんだ」という顔でいっせいに見つめられると、たいがいの人間は威圧感を覚えるだろう。

慰霊碑建立の許可については、以前、M氏がここへ来て聞かされたことと同じ内容だった。だからそれに関してはわたしも納得したが、もうひとつ、ぜひ確認しておきたい問題がある。

嬰児たちの話は、ほんとうになかったことなのか。

「なにひとつ証拠が残ってません。戦後のその頃の根岸外国人墓地に関する書類は、みんな米軍が持っていきましたからね」

と、背の高い押し出しのいいT部長は、愛想のいい笑顔で答えた。

「調査はなさったんですか？」

「しました」

「どういった調査ですか？」

「だから、なにか書類があるかどうか見てみたんですけどね。なにもないですから」

「田村泰治先生が、あの墓地についてお書きになった本は、お読みになりましたか？」

「ええ、読みましたよ」

「あれには、占領軍兵士と日本女性との間に生まれ、幼いうちに死んだ子供約九百体が墓標もないまま埋まっている、とはっきり書かれてますね」

「もっと時代が下ってから、幼児が何体か埋葬されてますから、田村先生はそれと勘違いされてるんですよ」

たしかに幼児の墓は、あの閑散とした墓地の中で、数からいえば多いほうかもしれない。が、いまT部長が言ったのは、ちゃんと墓標のあるもののことだ。名前も生年月日も没年もわかっている。だから幼児であることもわかる。でも問題の嬰児たちは、そうした素性のはっきりした子供たちのことではない。それに数がまったく違う。

「田村先生は仲尾台中学の先生をしてらした頃、歴史研究部の生徒たちと一緒に、あの墓地の調査をなさってますよね」

わたしは言った。

「その結果をいくつかの新聞が取り上げていますが、それもご覧になってますか?」

「ええ、まあ」

たとえば地元の「神奈川新聞」。

一九八六年十一月十八日付で、田村泰治さんの写真と共にその調査研究が紹介されている。記事中にははっきりと、「墓地は丘陵沿いに四段に分かれ、合わせて百五十九基が建てられている。このほか戦後進駐してきたアメリカ軍関係者と日本女性との間に生まれ、幼いうちに栄養失調などで亡くなった私生児約九百体が墓標もないまま埋められていることが分かった」と書かれている。

一九八七年一月十五日付の「毎日新聞」では「占領史の裏面明らかに」という記事になっている。「混血児が九百人」という見出しの横には、「仲尾台中の田村教諭と歴史研究部が一年かけ調査」という補足がついていて、田村泰治さんと生徒たちの研究成果が紹介されている。その中で田村泰治さんは見出しの「混血乳児」について、「横浜市内ではこの墓地しか外国籍の子供を埋める場所がなくて九百体も集まったのでしょう。米軍人と日本女性の間に生まれた子供ばかり」と語っておられる。

さらに、一九八八年二月二十八日付の「東京新聞」でも田村泰治さんと生徒たちの調査研究が紹介され、「戦後の混乱の中で、米国軍人と日本女性との間に生まれ、おさなくして死亡した子供の遺体が九百体も埋葬されている」と記されている。

仲尾台中学のＰＴＡ会報、「朝日新聞」にも、同じような内容の記事が載った。

田村泰治さんはこの当時、市立中学の教師だから、いわば市の職員である。そういう立場の人が、あの墓地には混血の嬰児が約九百体も埋まっていると発表し、新聞にも取り上げられた。これは小説家が想像をまじえて書くのとはわけが違う。しかも中学校の生徒たちまでからんでいるのだ。

「もし田村先生の勘違いだと思われたのなら、なぜ衛生局はこの時点までその間違いを糺《ただ》すことをなさらなかったんでしょう」

「したんじゃないかと思いますけどね」

と、あいまいに言ったあと、Ｔ部長は一拍置いて続けた。

「まあ、じつはね、わたしも個人的にはほんとのことだと思いますよ、その嬰児たちのことは――。でも証拠がない以上、市としては認めるわけにはいきません。それにね、そういうことをあまり言いたてると、横浜のイメージが悪くなりますからね」

「イメージは別に悪くならないと思いますけど……。イメージをやたら明るくしようとするあまり、戦争にからんでなにがあったかを、よく調べもせずに葬ってしまうことのほうが問題じゃないでしょうか」

「でもね、誰もそういうことを掘りだしてほしいと思ってないんじゃないですか。現に、あの墓地に入ってる方の遺族の方たちから、自分たちまでそうだった（売春婦だった）みたいに見られていやだという声も出てるようですしね」

疑うわけではないが、それは信じられない。前出の「毎日新聞」の記事には、当時、根岸外国人墓地の管理人をしていらした国富正男さんの「墓参に来るのは一年で十人くらい。寂しいもんですよ」という談話が出ている。広さのわりに訪れる遺族が非常に少ないという、異様な墓地なのだ。

「遺族の方からもしそういう声が出てるとすれば、よけいにはっきりさせたほうがいいんじゃないでしょうか、その嬰児たちのことを――。そうでないと今後とも、あるかもしれないという、あいまいな話のまま伝承されていきますよね」

わたしは続ける。

「それにもし、嬰児たちの話が事実だったとしたら、〝イメージが悪くなるから〟なんていう理由で無視されてしまうその子たちの立場はどうなるんでしょう。気の毒じゃないでしょうか」

「ま、そうかもしれませんが……」

「一横浜市民として、戦争直後に生まれた人間として、わたしはほんとうのことが知りたいだけです。それにイメージの問題とは別に、あったことは、いいことも悪いことも、歴史として後世に伝えていくべきではないでしょうか。わたしはこれからも調べたいと思ってますけど、個人の力では限りがあります。でも行政なら人脈も力もあることですし、どうかちゃんとした調査をしていただけませんか」

「ええ、心がけておきましょう」

聞き分けのない子供をあやすような笑顔で、T部長は頷いた。

「でもね、戦後のいやなことをわざわざむし返すのは、ほんとにどうかと思いますよ。みんな忘れたいんじゃないでしょうか、もう終わったことなんですから」

じつにきっぱりと言い切ったT部長の顔を、わたしは不思議な思いで見返した。この人は幾つだろう。わたしとそうは変わらない年代に見える。彼には彼の立場があるのはわかるが、もしかすると日本人のそのような態度、考え方が、ひいては、韓国や中国などに対する戦争責任問題の解決を、かえって長引かせてしまったのではないだろうか。

いやなことを忘れるのはいい。しかしその前に、ちゃんと知りたい。知るべきだと思う。知ってから、忘れるか忘れないかは自分で判断したい。ともかくわたしには、自分と同年代の混血の嬰児が、あの墓地に約九百体も埋まっているかもしれないことを、簡単に無視してしまうことなどできない。

＊

たしかに戦争は、体験者以外の日本人にとって、遠い存在になった。忘れていられるほど平和だったからだ。実はその平和と繁栄の裏側で、同じアジアの血が少なからず流されていたわけだが、わたしたちの大半はそれを見ないふりをしてきた。

戦争直後をそのまま引きずっているメリーさんは、時がたつにつれ、ただの珍奇な見せ物になっていった。なぜ彼女が横浜にいるのか、なぜ街をさまよっているのか、なぜ顔も衣服も真っ白なのか、その過程を知る人はもはや少ない。

一方、横浜は、ベトナム戦争終結以後、個性こそ失ったものの、「マイカル本牧」、「みなとみらい」と華々しい新エリアの開発が続いている。その中で、メリーさんは都会のフォークロアと化していった。

一九九三年八月十八日付の「スポーツニッポン」に、「八十三歳現役娼婦」と大きく見出しをつけた記事が載っている。行きつけだった伊勢佐木町のファストフード店「森永ラブ」のテーブルに付き、手鏡を覗いているメリーさんの写真付きだ。八十三歳というのはもちろん間違いで、メリーさんはこの時、七十一歳だったはずである。しかし写真は妖怪じみていて、八十歳でも九十歳でもおかしくない。

〝横浜のメリーさん〟と呼ばれる八十三歳の〝自称・現役娼婦〟がドキュメンタリー映画になることが十七日分かった。メガホンをとるのはテレホン・セックスの元祖として知られ、性風俗ライターとしても活躍中の清水節子さん。もちろん本人の了承を得ての撮影だが、清水監督は「戦前、戦中、戦後を娼婦として生きてきた一女性の、その強烈な生き様を通してひとつの昭和女性史が描ければ」と熱く語っている。

というのが記事の前振り部分だ。じつはこのドキュメンタリー映画には、横浜で映画館を六館経営する福寿祁久雄さん、脚本家の石森史郎さんなどもからんでいた。福寿祁久雄さんは単に映画館の経営者というだけではなく、林海象監督、永瀬正敏主演でシリーズになった映画『私立探偵・濱マイク』の企画者であり、そうした活動と映画に対する愛情の深さから、横浜と映画の関わりを語る際には欠かせない人である。石森史郎さんは萩原健一が主演して評判になった映画『約束』をはじめとして、映画、テレビドラマの脚本家としてつとに有名だ。

これだけの人が集まっていながら、メリーさんのドキュメンタリー映画は撮影半ばで潰れてしまった。原因はメリーさん自身ではない。そのあたりの事情を福寿さんはこう語る。

「メリーさんを撮ろうという話は、あるプロデューサーからわたしのところへ持ち込まれたんです。その時は、テレビのドキュメンタリーとしてやりたいということだったんですけど、わたしは映画にこだわる人間ですからね、映画だったら協力してもいいと言ったんですよ。向こうも、そりゃできることなら映画のほうがいいからと、その気になりましてね、清水節子さんとテレビ局数社に声をかけたんです。資金集めが必要ですから――。わたしのほうは、旧知の優秀な映画スタッフを集めました。カメラマン・木村威夫、脚本・石森史郎ですよ」

豪華なスタッフである。予算は二千万円、演出には清水節子さんと福寿さん自身があたるということに決まった。

問題はメリーさんである。どれほど親切にされようと、他人との距離を崩さなかったメリーさんが、果たしてその生活をカメラで追うことなど許すものだろうか。それにメリーさんの仕事は街娼だ。カメラが張りついていたのでは、客が逃げてしまう。

メリーさんが選ぶ相手は、人品いやしからぬ中年男性がほとんどだったそうだが、福寿さんもじつは、十数年前に声を掛けられたことがある。彼女特有の細く高い声で、「今晩、いかがかしら」と尋ね、そっと肘に手を当ててたそうだ。

福寿さんが提示された値段は三万円。安くない金額である。しかしこれはあくまで希望価格だから、あとは駆け引きでなんとでもなるらしい。横浜在住のイラストレーター、柳原良平さんも声を掛けられたことがあるそうだから、メリーさんはやはり、知性的でフェミニストだと思われる男性を選んでいたようだ。

清水節子さんは、メリーさんが行きつけだった「森永ラブ」に何度も足を運び、撮らせてくれるよう交渉した。フィルムは必ず見せる、彼女の客にも決して迷惑をかけないと約束した。

その熱意が実り、何度目かにメリーさんは「いいわよ」と頷いた。しかし、どんなふうに撮るのかとも、どういうところで上映するのかとも聞かない。いつもどおりの淡々とした様子で、最初はギャラすら受け取ろうとしなかった。普段から誰にも頼ろうとせず、ただで物をもらうことをよしとしない人だったが、身を売って得るお金しか受け取らない、という娼婦のプライドのようなものもあったのだろうか。

一度オーケーすると、メリーさんは約束をきちんと守り、待ちあわせの時間に遅れたりすることもなかった。あとはいつもどおりに行動する彼女を、カメラが追う。朝の八時か九時、トレードマークであるキャスター付きのバッグを引きずって、関内の大通り公園から出てくるところからだ。彼女がどこで寝ていたのか、詳しく知る人はわたしの周囲にもいないのだが、どうやらこの公園をねぐらにしていたこともあったようだ。

銀行の通帳を持っていて、まず、お金をいくらか下ろすこともある。どの程度の金額がそこに記載されていたのかまではわからない。メリーさんは用心深く、それを見せなかった。それから「森永ラブ」へ入り、いつも坐る席でシャケ・バーガーと野菜サラダ、紅茶を注文し二、三時間過ごす。やがて店を出ると、伊勢佐木町からマリナードという地下商店街へ降りて地下鉄関内駅へ——。

地下通路で一休みした彼女が、バッグの中からウイスキーのポケット瓶を取りだし、一口飲んで長く深いため息をついたのが非常に印象的だったと、福寿さんは言う。

「おいしいとか、ああ酔いがまわるとか、そんな感じじゃなくて、なんだかこう、さあ行かなくちゃ、と自分を奮い立たせるような溜息でしたねえ」

彼女は地下鉄で横浜へ出て西口駅そばの高島屋へ入る。このデパートは彼女のお気に入りだったらしく、メリーさん目撃談の多い場所である。それによると彼女は、高級な品物の売り場が好きだったようだ。食料品売り場やセール会場などで見かけたという話はまだ聞かない。彼女の目的は買いものではなかった。高級家具売り場を歩き、ソファにゆったりと腰を下ろしたり、テーブルの上に展示してあるブランド物の紅茶カップをちょっと持ち上げてみたりして、優雅な時を過ごす。楽器売場へ行き、指一本でピアノの鍵盤をなぞり、たどたどしく「君が代」を弾いていたこともあった。デパートの側も慣れていたのか、特に苦情を言ったりはしなかったようだ。

ときとして女子高生の集団が、「あ、メリーさんだ。かっわい〜い！」などと言ってその背後に並び、勝手に記念撮影をしていったりもする。メリーさんは文句も言わないかわりに笑顔やピースサインでサービスしたりもしない。周りでなにが起きていようが頓着せず、黙々と自分だけの生活の時を生き続ける。

だからやはり頭がおかしかったのではないかという人もいるそうだ。けれども、次のようなエピソードを聞くと、とてもそうは思えない。伊勢佐木町の「森永ラブ」以前、メリーさんは関内の大きなレストラン喫茶をひいきにしていた。化粧もそこのトイレでするほど入り浸っていたし、店も周囲の人もそれに対して苦情などを言わなかったようだ。ところがある日、彼女はきれいな紅茶カップを持参してきた。

「これ、あたし専用にしてほしいの」

と言って。

ちょうどエイズが話題になりはじめた頃だった。握手するだけで伝染るなどという誤解がまかり通っていた頃である。メリーさんは、

「エイズ持ちかもしれない街娼と、同じカップで飲むのはいやだ」

という客の声を耳にしたのか、それとも予想したに違いない。自分が来ることで店を困らせないように、もしくは自分が店から締め出されないように、専用のカップを持参するという先手をうったのだ。ほんとうに頭が弱かったら、とてもこんなふうに気を回すことはできなかっただろう。

＊

撮影のあいま、メリーさんは自分のことをいくらか話したようだ。

故郷は岡山、貧しい農家に生まれ、小学六年の時、金持ちの家にもらわれていった、大人になってから神戸に出てそこからいったん大阪へ行ったあと、芦屋の御屋敷に奉公し、幼い坊

ちゃんの世話をしていた、そこから東京、横須賀と外人相手に身を売り、横須賀ではヤクザとわりない仲になった、でも後に手を切るのに苦労した……。

しかしこの話が事実かどうかはわからない。つじつまが合わなかったり年代的におかしかったりすることもあるようだから、かなり嘘も混じっていただろう。もとより、メリーさんが好んで喋ったわけではない。あれこれ聞かれることにぽつりぽつりと答えたのを、スタッフが総合しただけだ。

それでも、福寿さんが、

「生まれ故郷に帰るところを撮らせてくれないか」

と頼んだところ、意外にも彼女はオーケーした。

「桃の花がきれいに咲くの」

と、メリーさんは故郷のことを語った。続けてぽつんと、

「でも、実はならないのよ。花は咲くんだけどねえ」

しかし撮影がさほど進まないうちに、この企画自体が潰れてしまった。映画にすると約束したのに、プロデューサーがテレビに売り込んでいることがわかったからだ。おまけに資金を私用しているらしいことも判明した。福寿さんはじめ、名のある映画スタッフはすぐに手を引いた。清水節子さんや、昔からなにかとメリーさんの面倒をみてきたシャンソン歌手の永登元次郎さんなどは、資金協力の名目でお金を取られ、結局、持ち逃げされたかたちになった。

メリーさんはスタッフの説得で数万円のギャラを受け取ったようだが、企画が潰れたと知っても、「ああ、そう」と短く頷いただけ。特別な感情を表に出すことはなかったという。

このように彼女に興味を持つ人もいれば、当然ながら忌み嫌う人もいる。せっかく専用カップまで持ち込んだ関内のレストラン喫茶にも、メリーさんはいつのまにか来なくなった。エイズの恐怖がからんだ人々の嫌悪感は、カップを別にしたくらいのことで消えるものではないことを、彼女は察したのだろう。

行きつけの美容院からもシャットアウトされた。その美容院に来る他の客がいやがるので、メリーさんに好意的だったオーナーも、断らざるをえなくなったらしい。

メリーさんはやがて福富町のGMビル、エレベーター前の椅子で寝泊まりするようになった。メリーさんを買ってみようという物好きな男性も、もういなかったのではないだろうか。わずかなチップで、どうやって食べていたのだろう。健康的な生活であろうはずがない。

何人かが、そんなメリーさんのことを興味本位ではなく心配していた。生活保護が受けられないものかと奔走していた永登元次郎さん、そして「柳屋」の女主人、福長恵美子さんだ。元次郎さんはメリーさんが横浜から消えた後も、彼女の実家に、現金や柿の葉寿司などを送り、安否を気づかっていた。

メリーさんは一度、持っていたカバンを置き引きにあっている。その時は、隈取りのようなマスカラが顔中に広がるほどぐしゃぐしゃに泣いて、

「ママ！　ママ！」

と叫びながら「柳屋」へ駆け込んできた。なにが入っていたのかはわからないが、カバンはたぶん彼女の全財産だったのだろう。福長さんは一生懸命慰め、落ち着かせ、交番へ行こうとメリーさんを促した。一緒に行ってあげるから、と。しかし交番という言葉を聞いたとたん、メリーさんは泣きやみ、

「いらない、もういいから」

と立ち去ってしまった。警察には何度も逮捕されているはずだし、それは楽しい経験であろうはずがない。被害者の立場とはいえ、警察は彼女にとって鬼門だったのだろう。

その福長さんは、一九九六年の晩秋、メリーさんが体調を崩しているのではないかと気づいた。もし具合がよくないんだったらいい医者を紹介する、と福長さんが言うと、メリーさんは胴巻きの中から診察券を取りだしてみせた。カバンを盗まれて以来、彼女は大事なものをすべて胴巻きに入れている。

診察券は近くの総合病院のものだった。

「ここへ通ってるから大丈夫」

彼女はそう答えた。その時すでに、白内障を患っていた。マスカラが年々濃くなっていったのは、目がろくに見えなかったせいではないかと言う人もいる。

メリーさんが横浜から消えたのは、その年の暮れ。椅子の上で背を丸めて眠っているメリー

さんを、わたしが見た直後だった。

＊

一九九九年。

わたしが根岸外国人墓地に関わってから、はや二度目の年明けを迎えた。二千年まであと一年。第二次世界大戦の終結から数えると五十四年目になる。

日本はこの間、戦争もなく、基本的にはじつに平和だった。経済的には発展の一途を辿り、七十万円からするエルメスのバッグを、若い女性が順番待ちで購入するという経済大国になった……はずだったのだが、ここ数年で、その平和にも経済にも明らかな破綻が見えつつある。

北朝鮮のミサイル「テポドン」騒ぎの中で新ガイドライン法案が成立し、コソボ紛争にＮＡＴＯ軍が乗りだすという事態は、平和ボケしつつあったわが日本にも、戦火は他人事ではないという危機感をもたらした。

国内も平穏無事とはいかず、決して潰れるはずのなかった銀行が、破産に追い込まれた。おまけに不動産は下がる一方。大企業に就職して不動産を手に入れ、ある程度の預金があれば孫子の代まで安心という日本人の常識が、ここへきて崩れてしまったのだ。

団塊の世代はいまや社会の中核となっているが、その世代のもろさが指摘されるような事件もいくつか起きた。倒産した会社の社長が、三人揃ってホテルで縊死《いし》した事件、高名な弁護士が汚職がらみで自殺した事件などが相次ぎ、彼らはいずれも団塊の世代だった。

団塊世代のもろさについては、なんだか予想外の結論を突きつけられたようで、わたしも考えずにはいられなかった。わたしはこれまで自分の属するこの世代を、雑草のように強いと信じていた。戦前の既成概念と闘って新しいモラルをこしらえてきたのだから、独創的な世代だとも考えていた。でもそれはうぬぼれと思い込みに過ぎなかったのかもしれない。

振り返ってみれば独創的なことなどありはしなかったのだ。先にも記したように、ロックもフォークもそしてミニもマキシもパンタロンも長髪も、ウーマンリブもヒッピーも、欧米で発生して流行したものを、ありがたくいただいていただけ。こちらからはなにも発信しなかった。日本独自のものとしてあちらに目を見張らせたものがあるとすれば「猛烈サラリーマン」だろうか。

車、便利な電気製品、レジャー、ファッション、そういった、いわば贅沢品が、終戦と同時に欧米から流れ込んできた。それらを手にするために、わたしたちの世代は一丸となって働いた。そう、一丸であればこそ力を発揮することができた。しかし社会とか組織とかいうものから外れて個になったとたん、自分たちが思いこんでいたほどには、根性も個性もないということを思い知らされるはめになってしまった。

また、わたしの世代は、子供に必要以上の贅沢をさせてきた。たぶんこれは、貧しい子供時代をおくったことの裏返しだろう。あの頃、楽器など習いに行っている子はほんとうに少数だった。「もしもピアノが弾けたなら」という歌が以前ヒットしたが、あの気持ちはよくわかる。ピアノなど特別な家の子しか習わせてもらえなかったから、わたしたちの世代の人間は、たいてい弾けない。したがっていまだに楽器コンプレックスを持っている。

その反動からか、自分の子供には、音楽的素質など関係なく、ピアノやヴァイオリンを習わせる人が多い。塾にも通わせる。外国留学もさせてやる。子供の個性を伸ばすという名目のもとに、お金だけかけて逆に個性のない教育を子供に押し付けてきたのも、わたしたちの世代の特徴ではないだろうか。

個性のない教育を受けた子供たちは、個性のない大人に育ち、個性のない世の中を作る。六〇年代、七〇年代は、欧米のまねごとにせよ、躍起になって吸収し、その熱気による輝きも生まれたのだが、八〇年代、九〇年代はそれに較べると没個性のままおだやかに過ぎ、まぢかに二十一世紀を迎えようとしている。

その一九九九年春、ようやく慰霊碑建立の許可がおり、五月二十二日（土曜日）に除幕式がおこなわれることになった。山手ライオンズクラブの依田さんから電話があったのは、その二日ほど前のことだ。

「除幕式で献花をするんですけどね、その間、ほんの五分間ほど、『丘の上のエンジェル』をバックに流したいと思ったんです。このCDの売り上げは全部、慰霊碑の建設費用になってますから、そのお礼と、さらに除幕式を音楽で盛り上げるためにね」

「いいアイデアですねえ。ぜひそうしましょう」

わたしは応じた。ところが……。

「いやそれが、一応、衛生局にことわっておこうと思って電話したんですよ。そしたら絶対に駄目だと言って許可してくれないんです」

「どうしてですか」

「これは混血の嬰児たちのために作られた歌で、慰霊碑の趣旨に反するからって」

「でも、歌詞でそんなことあからさまに言ってないじゃありませんか」

「そうなんですけどね、作られた時の意図がそうである以上、駄目だと言うんです」

依田さんは、要するに、わたしからも衛生局に掛け合ってもらえないかと言いたいらしい。わざわざ電話などするからいけないのだ。黙ってその場でCDを流せばいいのに……と思ったが、言ってしまったものはしかたがない。CDはぜひともかけてもらいたかったから、ああた矢面に立つのか、とうんざりしながらも、わたしは衛生局へ電話を掛けた。出たのはN課長である。たかが音楽を五分流す程度のこと、もう一度言えば向こうもわかってくれるはずだと、わたしは楽天的に考えていた。

ところが、N課長はまったく受け付けてくれなかった。駄目です、の一点張りである。

「なぜですか、普遍的な内容の歌詞ですし、あの慰霊碑には、このCDの売り上げも使われてるんですよ。買ってくださった方たちへのお礼という意味でかけさせていただきたいんです」

「うちは嬰児のための慰霊碑を許可した覚えはありませんから」

「でも、慰霊碑は現に建ったんです。衛生局管轄の墓地に――。それに献花がおこなわれるたった五分間だけなんですよ。何度も言いますけど、内容も、なんとでもとれるようなものですし」

「いえ、困ります」

こうなると、わたしも少々意地になる。

「あのCDをお聴きになった上でそうおっしゃってるんですね」

「いえ……聴いてません」

「聴きもしないで駄目だとおっしゃるのは、おかしいんじゃありませんか」

「内容はともあれ、趣旨が趣旨ですから」

なんて融通がきかないんだろうと、正直、腹がたった。CDの売り上げなど、一切、慰霊碑のために使ってはいけない、と言ってくれたほうがまだましだ。そのお金を慰霊碑建設に使うのはいいが、お金を作りだした物については一切認めない――そういうことなのだが、わたしにはとても妙な理屈に聞こえた。

無力感に打ちのめされながら、受話器を置いた。嬰児のことにこだわり続けている自分こそエイリアンなのかもしれないと、寂しい気持ちにもなった。

事前にそういうことがあったものの、素晴らしい青空のもと、除幕式は行われた。すぐ隣の立野小学校の生徒と横浜インターナショナルスクールの生徒数十人も参加して、彼らの可愛らしい歌も披露された。

嬉しかったのは、真っ先に挨拶に立たれた横浜国際社会代表のジョン・ウィルコックスさんが、ここには戦後の混乱期に生まれた名もしれぬ嬰児が多数埋まっている、ということをはっきりおっしゃったことだ。山手ライオンズクラブの挨拶状にも、「埋葬されている一二〇〇余人のうち、墓碑、墓標のあるのは二四九しかありません。そこで私共山手ライオンズクラブは、戦後の混乱期に埋葬された子供たちを含む墓碑、墓標のない方々の為に、横浜市の許可を得て、慰霊碑建立を計画しました」と記されている。

これに対して衛生局を代表するN課長の挨拶は、「衛生局は、市営墓地の運営に努力しております」といったじつに紋切り型のもので、肝心の根岸外国人墓地についてはほとんど何も触れないという奇妙なものだった。

さらに胸が熱くなったのは、慰霊碑にかけられていた布が取り除かれた時である。

石柱の上に、ブロンズの翼が躍っていた。しかも片翼が半分しかない。飛べなかったエンジェル――。翼の上に、真上のニセアカシアの木から白い花びらが絶え間なく散りかかる。

「『丘の上のエンジェル』のエンジェルを、なんとか慰霊碑に映しとりたかったんですよ。いかがですか？」

見とれるわたしに、これを製作した澤邊設計事務所取締役の澤邊さんがこっそり囁いてくださった。

片翼の天使をかたどった慰霊碑（撮影・大森裕之、2019 年）

13　消された十字架

慰霊碑は建った。わたしが初めて根岸外国人墓地を訪れてから約二年後のことだった。これで資金集めのためのＣＤ制作スタッフというわたしの役目も終わった。

そう自分に言い聞かせたのだが、どうしても釈然としないものが残る。それがいったい、約九百体と言われるＧＩベイビーは、ここに埋葬されているのかいないのか——まだその結論は出ていない。誰もそんなことは知りたがっていない、と衛生局には言われたが、わたしは知りたいのだ。

じつはあとひとり、どうしても会いたくて、会えないままの人がいた。根岸外国人墓地の前管理人だった国富正男さんである。もはや定年退職なさっているが、この方ならなにか知っておられるのではと思い、かなり早い時点で人を介してアプローチを試みた。ところが返ってきた答えは、「なにも話すことはない。いや、話せない」というそっけないものだった。退職されたとはいえ、国富さんは衛生局の職員だった方だ。衛生局が避けているわたしとは会えないということだと、その時は解釈し、仕方なくあきらめた。

しかし、あの墓地の管理人だった方と会わないままというのは、いかにも心残りである。だめもとでもう一度、今度はじかに御自宅へ電話してみた。なかなか御本人がつかまらず、やはりだめかと再びあきらめかけること数度。ついにある日、コンタクトがとれた。そして拍子抜けするほどあっさり、面会を承知してもらうことができた。

あとでわかったことだが、田村泰治さんと国富さんには、なにも話してはいけない、資料も渡してはいけない、という「お達し」が、衛生局から出ていたらしい。しかし田村さんはそれを無視するかたちで何度も会ってくださった。国富さんは、慰霊碑が無事に建つまで、あの嬰児たちのためにもよけいなことをしてはいけない、と判断なさったのだろう。六月の初め、横浜郊外にある国富さんのお宅にさっそく伺わせていただいた。小柄だが精悍で、地元に伝わる関古式囃子という太鼓の保存会に属し、その存続に力を注いでおられる活動的な方である。

「慰霊碑の除幕式に呼んでもらってたんですけどねえ、用事が入ってて行けなかったんですよ。でもよかったですねえ、田村先生や仲尾台中学校の生徒たちと、草をかき分けながら調べたことを思い出しますよ」

田村泰治さんの『郷土横浜を拓く』を脇に置き、国富さんは何度も頷く。田村さんと生徒たちの調査研究は、国富さんの協力なしにはなしえなかったことだ。

「昭和四十二年から平成が始まった年までですから二十年間以上ですかねえ、わたしがあそこの管理人を務めさせていただいたのは。そのあとも六、七年、嘱託という形で関わってました」

国富さんが就任するまで、根岸外国人墓地には管理人がいなかった。もちろん管理事務所もなかった。それどころか草や木が生い茂り、墓地というより単に放置された丘という状態だったようだ。墓地の入り口近くに衛生課（衛生局として独立する以前は衛生課だった）に勤務している人の家があり、その家族が管理を委託されていた。管理といっても、訪ねてくる人があったら、お墓に案内する程度のことである。

国富さんが管理人になってからも、墓地管理に関しての予算は衛生局から一切出なかった。近くの聖光学園の生徒がボランティアで時々清掃に来てくれる程度だった。墓地は段状になっており、広大でもあるから、清掃といっても幾つかの墓標の周りをきれいにするくらいのことしかできない。木を切ったり全体の草を刈ったりという作業はとても無理だ。

「だって、管轄である衛生局の職員や市会議員の中にも、あそこに外国人墓地があることを知らない人が多かったんですよ。なにそれ、そんなものがあるの？　ってなもんでしたね。いくら掛け合っても、なにかしようという動きはまったくなかったです」

しっかりした管理組合があり、観光横浜の目玉として大切に扱われた山手外国人墓地と違い、そこはあまりにも疎外された存在だったのである。

台帳も最初はなかった。田村泰治さんによると、埋葬者名簿は、後に一九五七年から一九六五年にかけての八百四十九人（うち嬰児百七十人）分に関しては、米軍から衛生局がもらったということである。衛生局が「田村先生の勘違いでしょう」と言うのは、ここに記載された嬰児たちと、ＧＩベイビーとされる九百体近い嬰児たちを混同しているのではないかということだ。

「そんなこと、あるはずがないですよ」

国富さんはこれについて強くかぶりを振った。

「名簿のある嬰児と、あのたくさんの墓標の嬰児とはまったく別です」

墓標？　嬰児たちの墓標があったという話は何度か聞いている。わたしが国富さんから一番聞きたかったのもそのことだ。

「崖に沿ってね、八百何十基もの小さな白い木の十字架が立ってたんです。びっしりと……。厚木基地なんかで手にいれることができたみたいですね、そういう十字架を」

十字架には、真鍮のプレートに埋葬者の死亡年月日と名前が記されているものもあった。それが一九四六年から一九四八年頃に生まれて死んだ嬰児だったと国富さんは言う。もしかするとその十字架群の中には、中絶児のためのものもあったのではないかと、わたしは想像する。

でも、なぜその嬰児たちが混血児であり、私生児であると判断されたのか。

田村さんや国富さんをはじめとして、多くの人がそう判断した理由のまず第一に、この嬰児たちのことは米軍の台帳にも衛生局の記録にも残っていない、ということがある。そもそもこの墓地は、終戦後、一切、埋葬を許可していない。なのになぜ、おびただしい数の十字架があるのか――。中区という横浜の中心地にある市営の墓地だというのに、誰がいつ、どのようにして誰を埋葬したのかわからないまま、約九百基もの墓標が並んでいたのである。

仲尾台中学校の教諭だった田村さんは、その小さな十字架の群れを、毎日見下ろしていた。朽ち果てそうになったものを、国富さんが一人で、木切れや針金を使って修繕している姿も何度となく見た。すぐ近くの石川町で生まれ育ち、仲尾台中学校の歴史研究部を率いる田村さんが、謎に満ちた目の前の歴史に心惹かれたのは当然だろう。

一九八三年頃から約二年間をかけて、国富さんや生徒たちとの協力のもと、粘り強い調査研究が行われた。その間、田村さんは、横浜市中区の中区制五十周年記念事業である『横浜中区史』の編纂にも関わっている。

「あれには根岸外国人墓地のことも入れてたんですよ。でもなぜか削られちゃいました」

と、田村さんは言う。この墓地のことを、横浜市はどういうわけか、かたくななまでに裏へ隠そうとしている。

証拠の書類という言葉を役所はよく使うが、人間の歴史において起きたことが、すべて文書などの形で残っているわけではない。歴史を編纂するときは、土地の古老などに話を聞くことのほうが多いだろう。『横浜中区史』編纂に際しても、さまざまな人からの聞き取りが行われた。その中にじつは、「ある日、米軍があそこへトラックで、嬰児の遺体をまとめて運んできた」という話もあったらしい。

それと、山手外国人墓地の管理人だった、故安藤寅三さんが、YCACの依田成史さんや法医学者の西丸輿一博士などに語ったという、「毎夜、山手外国人墓地にこっそりと置いていかれた混血の赤ん坊」の話がある。安藤さんは一時、根岸外国人墓地の管理もまかされていた。そうした遺体を、安藤さんは根岸外国人墓地に埋葬したと語っているのである。

そのおびただしい十字架群について衛生局は、

「あれは朝鮮戦争で亡くなった兵士を、あそこへ仮埋葬した時のものです」

と言っている。

たしかに『横浜中区史』にちらりとだけ登場する根岸外国人墓地に関しては、朝鮮戦争当時、ここが仮埋葬地に使われたということで、

「見渡す限り十字架でした。木の十字架がずうっとね。で私は一時管理してたんですがね。トラックでもって棺桶に星条旗をかぶせたのが毎日のように来るんです。あとで掘り起こして本国へ埋葬したんです」

という安藤寅三さんの談話が載っている。だがそれなら、仮埋葬の遺体はもうとっくに掘りだされているはずだ。十字架もその時、片づけただろう。遺体がないのにわざわざ十字架だけを、九百基近くもまた建て直していくだろうか。

「それに十字架は、三十センチ間隔くらいでびっしり立っていました。大人の遺体を埋めたとしたら、その大きさからいって、あんな間隔で埋めることはできないでしょう。嬰児、幼児の

遺体だからこそ、それができたんだと思います」

と、田村さんは言う。

さらに、この墓地の特殊性も考慮に入れなければならない。国富さんが一九六七年に管理人として就任するまで、ここは事実上、無管理の状態だった。周辺の住宅もいまよりずっと少なかったはずだ。ことに終戦直後は、荒涼とした丘であり雑木林である。誰でも自由に入ることができた。もし誰かがここへ、勝手に遺体を持ってきて埋めたとしても、見咎められるおそれはきわめて少なかった。安藤寅三さんや米軍の手を借りなくても、持って行き場のない遺体を埋めるには格好の場所だったと言える。荒れ果てているとはいえ、墓地であることは間違いないのだし——。一九八二年まで、墓地内には管理事務所もなかったのだ。

国富さんはこんなことも語った。

「一度、中年のアメリカ人男性がやってきたことがありました。ここへ、死んだ子供を埋葬したって言うんです。母親は日本人だそうですが、結婚はしてなかったようです。たぶん、終戦直後の頃でしょう。許可もなんにも取らず、勝手に埋めたということでしたから、取る必要もなかったんでしょうね、ここは長いことそういう状態でしたから……。その人は、何度か墓参に来てたらしいんです。でもアメリカに帰ることになったから、掘り返して骨を持って帰りたい、と言うんですね。もうその時、十字架はなくなってましたけど、その人は場所をちゃんと覚えてまして、わたしをそこへ案内しました。ええ、あの十字架群のあったあたりですよ。で、わたしも手伝って掘ったんです。そしたら小さな骨のかけらが出てきました。遺体は箱に入れて埋葬されたらしいですけど、もう箱ごと、ほとんど土に還ってましたねえ」

中年アメリカ人男性は、その骨を大事そうに持って帰ったそうだ。

なんの許可も得ず遺体が埋葬されたことは、確かにあったのである。

さらにそのような事情があれば、遺族も、この墓地をもっと整備してくれということを、表立って市に要請することなどできなかっただろう。

「そうなんです。横浜市がここを荒れ果てた状態で放置しておけたのは、遺族からそういう声がまったく上がらなかったせいでもあるんですよ」

国富さんは続ける。ちゃんとした墓標を建てた遺族からさえ、そうした声が上がらなかった。いわんや、勝手に十字架を立てた遺族は、墓地がどのような状態であろうと、沈黙しているしかない。

しかし横浜が観光地として脚光を浴びるにつれ、いつまでも放置してはおけないと衛生局も気づいたのだろう。衛生局は国富さんがせっせと手入れをしていた十字架約九百基を、田村さんたちの調査が始まる前に、きれいに取り去ってしまった。

「年月がたって、もう手入れが追いつかなくなってたことも確かなんですけどね。でも墓碑銘のあるものは、ちゃんと書き取って名簿にして、衛生局のほうに渡しましたよ。片づけられちゃう前に」

国富さんはそう言うのだが、これに興味を持った共同通信の記者が衛生局に問い合わせたところ、そんなものはないという答えが返ってきただけだった。

ともあれ、田村さんと生徒たちの調査研究が発表されたあたりから、市もようやく重い腰を上げ、それまでボランティアに頼りっきりだった墓地の清掃、整備を始めた。いまでは毎年、町内会と山手ライオンズクラブの合同で墓前祭もおこなわれている。

それにしても、

「GIベイビーらしき嬰児が数多く埋葬されているなどという噂がたつと、他の遺族がいやな気持ちになりますから」

というほど遺族の気持ちを気遣うのなら、なぜ衛生局は、こんなにも長い間、この墓地を荒れ放題にしておいたのだろう。

ここに、大きな謎がひとつある。この墓地は、終戦後、米軍に接収されていたのか。それとも接収されていなかったのか――。

＊

そのことで、もう一度、わたしは田村泰治さんに会ってみた。

「接収されたということになってました。それが常識で、わたしなどもずっとそう信じていました」

田村さんはそう答えた。田村さんの著書『郷土横浜を拓く』にも、確かにそう書かれている。

「ところがごく最近になって、接収されてなかったんじゃないか、という話がもちあがってきたんです。衛生局の人がわたしのところへ、先生、あそこ接収されてなかったみたいなんです、と驚いたように言ってきました」

これに関してはじつはわたしも、行政筋から貴重な地図を見せてもらった。横浜市の接収地を示した終戦当時のものだ。その中に根岸外国人墓地は含まれていない。つまりあそこは接収などされていなかったのである。衛生局の職員でさえ、そのことを知っていたかどうか疑わしい。

しかし接収されていなかったとしたら、ちょっとおかしなことになる、と田村さんは続ける。

「だって昔、あそこは勝手に入れなかったんですよ。英語でオフ・リミットという看板が掲げられてたという話も聞いてますし、米軍のジープやトラックが来てたという話もありました」

オフ・リミットにして、米軍はそこで、いったいなにをしていたのだろう。横浜市はそれに対して、どういう対応をしていたのだろう。行政はこの疑問に納得のいく答えを聞かせてくれない。もしかしたら彼らもよくわかっていないのかもしれない。

というのも、占領下にあった頃、米軍と横浜市の間に取り交わされた書類の多くが、意図的に焼却されたからである。市民のものであった土地、建物を米軍が強制的に取り上げたことに対して、接収解除後、市民から賠償責任を問われることを恐れた市が、証拠となる関係書類を消してしまったのだ。

焼却されたということになっているだけで、どこかに隠されているという話もないではない。いずれにせよ、いまそうした書類が表に出てくる可能性はきわめて低い。そしてこのまま年月がたてばたつほど、真実は深い闇の中へと埋もれていく。

衛生局は、ある新聞記者には「あそこにどんな人が埋葬されていようと、これから特に調査する予定はありません」と言い、また別の記者には「これから調査します」と答えている。いずれにせよ、現時点ではっきりしているのは、あの墓地にあらたな埋葬者は入れないということだ。それだけは、わたしが聞いた限りでは、衛生局の一貫した方針のようである。

じつのところ、この点もやや納得できない。あれだけのスペースがあるのに、なぜシャットアウトしてしまうのだろう。その理由が、本格的に埋葬者の調査をするためであってほしいと、祈らずにはいられない。そうでなければ嬰児たちの話も、メリーさん同様、横浜のフォークロアと化してしまうだろう。それが横浜のイメージを守ることだと、ほんとうに市は考えているのだろうか。

＊

慰霊碑の除幕式にはもちろんエディ藩も出席した。終わったのがちょうど昼食時だったので、お昼でも、と誘うと、

「いや、ちょうど店が忙しい時間だから」

と気がせく様子で帰っていった。

この年に入ってから、エディ藩は中華街の「鴻昌」に出るようになった。彼もし、これまで店を一手に切り盛りしてきたお母さんももはや高齢だ。やはり自分が出なければ、という気にようやくなってきたのかもしれない。

それから中華街へ行くたびに、「鴻昌」のレジに坐っているエディ藩の姿を見るようになった。そのどっしりとした外見からは、ゴールデン・カップス時代の鋭い目をしたギタリストの面影は浮かんでこない。でも悪いたたずまいではないな、と私は思う。音楽とギャンブルの間に、中華料理屋店主という社会的にまともな部分があったほうが、よりいっそうブルースではないか。

そんなことを言うとまたエディ藩は、ぶすっとした顔で言うだろう。

「ブルース、ブルースって言われても困るんだよね。おれの人生はおれのものなんだから」

——と。

店の仕事のために音楽活動は減らさざるをえないらしく、「ストーミー・マンデー」でのライブは月一回になってしまった。ちょうどその日にこちらに別の用事が入っていると、また翌

月まで待たなければならない。そんなふうにして何ヵ月か逃してしまい、夏に入ってようやく行くことができた。B・Bキング・モデルの赤いギブソンを抱えたエディ藩は、

「おお、久しぶり。いらっしゃい」

と、笑顔で迎えてくれた。わたしが彼に対していつまでたっても友達というスタンスになれないのは、「横浜ホンキートンク・ブルース」が似合いすぎるその生き様に、たじろいでしまうせいかもしれない。真面目に中華料理屋のレジに坐ってはいても、この人はやはりエイリアンだ。社会から浮き上がって、横浜の闇の底を漂っている。そこからかもしだされる「負」の迫力に、わたしは圧倒されてしまう。

「ストーミー・マンデー」のライブでは必ず「丘の上のエンジェル」が歌われる。おととしも去年もエディ藩はいっこうに歌詞を覚えてくれず、歌が始まるたびにわたしは身のすくむ思いだった。だがいまはもう完璧に、皮膚の中へ取り込んでくれたようだ。

午前零時が近い。ああ、今夜も高いタクシー代を払わなきゃいけないな、と心の中でカつつ、わたしは腰を上げることができない。彼の声はライブ開始時より終わりの頃明らかに冴え渡るからである。

最後の一曲まで聴き、深夜の街へ出てタクシーを目で探していると、いま聴いてきたばかりの歌声が、ゆっくりと夜気に溶けていく。

あぶらでよごれた　この街へ　帰ってきたよ
あの頃　あんなに嫌ってた　この街へ
お喋りな年寄りたちが　相変わらず　街の角で
今日も誰かの　ウワサで　日がくれる

だけども好きさ　この街が
あぶらで汚れたこの街にも
甘いジャスミンの　香りもやさしい
懐かしの　この街よ

（「Back to China Town」、作詞・作曲エディ藩）

＊

ルイズルイス加部は明るかった。昨年会った時に較べると、幼児返りしたかのようにはしゃいでいた。

エディ藩の持つ「負」の迫力同様、この人のストイックな雰囲気にも、わたしは会うたびにたじろぐ。が、この日は途絶えることのない彼の笑顔のおかげで、こちらも初めてリラックスすることができた。

「子供ができるんですよ」

嬉しそうに彼は言った。離婚して再婚したばかり。二十歳以上も年の離れた新しい妻は妊娠している。小動物と子供をこよなく愛する人だから、生まれるのが待ち遠しくてならない様子だ。

「これからは子供と妻のためにもちゃんと音楽をやっていきたいね。そういう気持ちになって生活を変えてるところ。いろいろと無茶苦茶やってきたから」

そういえば、エディ藩の人生におけるギャンブルと、ルイズルイス加部の人生におけるドラッグは、いい勝負だったかもしれない。

「クスリがあれば女もなにもいらないっていう時期も長くあったね」

何度か警察沙汰にもなり、心身もむしばまれた。しかし幸いだったのは、音楽と縁が切れることがなかったことだろう。「ピンク・クラウド」解散後も、かまやつひろし、大口広司などと「ウォッカ・コリンズ」というバンドを組んでいたし、現在も、「ぞくぞくかぞく」ほか、三つのバンドでライブ活動をしている。ベーシスト、ギタリストとしての彼の人気はいまだに相当なものだ。

じつは再婚した妻もミュージシャンである。

「彼女の才能を伸ばしてあげたいし、そのことでぼく自身も刺激を受けたい。これからはもっともっとオリジナルで勝負したいと思ってますよ」

若いミュージシャンにとって、ルイズルイス加部はまぎれもなくカリスマの一人。ぜひ使っていただきたいと、メーカーが彼のために製作したベースがいくつもある。「新しい曲でも二回ほど聴けば、もう完璧に弾けた」（元マネージャー、原一郎氏）という天才ぶりは健在だし、得意の即興プレイは他の追随を許さない。今後はその才能が作曲のほうへも大いに向かいそうだ。「エディの歌みたいに結果としてブルースになっていくのもかっこいいけど、ぼくはあえてブルースをやろうとは思わないよね。『ニルヴァーナ』じゃないけど、〝死ぬまで騒がしいロック〟みたいなのが理想だから」

昔の写真そのままの大きな亜麻色の瞳をきらきらさせて、ルイズルイス加部は言った。

マモル・マヌーは、もとグループ・サウンズだった人たち何人かとGSスーパーバンドというグループを組み、そのヴォーカルを務めている。ゴールデン・カップス最大のヒット「長い髪の少女」でヴォーカルをとった彼には、やはり歌が合っているようだ。

デイヴ平尾も、マイペースで唄い続けている。人懐っこい笑顔はいまも健在だ。

ミッキー吉野は、元ゴールデン・カップスのというより、元ゴダイゴの、と言われることのほうが多いかもしれない。ゴダイゴは七〇年代の日本のオリジナル・ロック・グループとして、いまも伝説的な存在である。インターネットの中にゴダイゴのファン・サイトが幾つも存在するのがその証拠だろう。一九九八年の末に、『Art, Art, Art』という芸能活動三十周年記念アルバムを出した。いかにも彼らしく、地球環境、平和、戦争、愛などについてのメッセージを色濃く込めた内容である。

さらにこの夏、解散から十四年目の「ゴダイゴ期間限定再結成」のニュースが音楽界を賑わせた。リーダーだったミッキー吉野の呼びかけで、当時のメンバーであったタケカワユキヒデ、浅野孝已、トミー・スナイダー、スティーブ・フォックスの五人が再び集結し、十月にはアルバム発表、十一月、十二月には全国ツアーもおこなわれる予定だという。

ゴールデン・カップスとして活躍していた頃の彼らは、ブルースという言葉を、音楽の一スタイルとして受け取っていただけではないだろうか。しかしあれから三十年という歳月を経たいま、メンバー一人一人の中に、それぞれの人生から湧き出たブルースが、血の一部となって流れている。今後それは、どういうかたちで表現されていくのだろう。

中村裕介が言った。

「いまだに、若いミュージシャンがわざわざやってくるんですよ、東京ではなく横浜に――。横浜にはほかのどこにもないなにかがある、そうに違いない、と信じて」

本牧以降の横浜サウンドを、横浜の魂も含めて、その若いミュージシャンたちに聴かせることができるのは、誰よりもまず、ゴールデン・カップスと呼ばれた男たちなのではないだろうか。

エピローグ　天使のブルース

ブルースという言葉は、差別され、苦境の中で生きることを強いられたアメリカの黒人から発している。わたしはこれまで、日本語にあてはめると〝哀歌〟あたりだろうかと単純に考えていたが、じつはもう少し重いようだ。

音楽評論家の鈴木啓志はその著書『ブルース世界地図』の中で、「負の価値」を鋭く描き出す表現形態だと言っている。また同著の中では『ブルースの歴史』の著者ポール・オリヴァーによるブルースの定義も紹介されているが、それは次のようなものだ。

ブルースとは、心の状態であるとともに、その状態に声で表現を与える音楽である。ブルースは捨てられたもののすすり泣きであり、自立の叫びであり、はりきり屋の情熱であり、失業者の絶望であり、近親に先立たれたものの苦悶であり、冷笑家の乾いたユーモアなのである。そのようなものとしてのブルースは、自己表現の道具としての音楽を通じた、自分自身が見聞きしたことについての個人的な感情の表白なのである。しかしそれは社会的な音楽でもある。ブルースは娯楽ともなるし、踊ったり酒を飲んだりするときの音楽ともなる。それは差別された集団のなかでも、ある階級に属する音楽なのである。

こうした文章を読むにつけ、わたしはゴールデン・カップスというグループがリズム・アンド・ブルースに強く惹かれ、ブルース・フィーリングを持ったGSとして売り出されたことに、なにか宿命的なものを感じずにはいられない。

ゴールデン・カップスはある時期、戦後横浜の顔だった。それは、Yokohama as Americaであり、「混血」が売り物という、じつにアイロニーに富んだ顔である。

基地の街・横浜における「混血」とは、差別された存在だった。おおむね「メリーさんの子供たち」とみなされ、アメリカ政府からも日本政府からも目を背けられる存在だった。彼らが歌うとすれば、それはまずブルースであるはずだ。

根岸外国人墓地に嬰児たちが埋葬されている、いないは別として、あの時代、多くのGIベイビーが誕生したことは、まぎれもない事実である。彼らの中には親から離れて孤児院に収容された者もいる。しかし大多数が「実態不明」であることは、エリザベス・サンダースホーム関連の記事などが証明している。

彼らはどうなったのだろう。また彼らの父親や母親はどうなったのだろう。それを思う時、わたしは声にならないブルースを聴く思いがしてならない。

これを書いているいま、横浜はサッカーの二〇〇二年ワールドカップ開催地に決定したというニュースで沸き返っている。一九九八年の横浜ベイスターズ三十八年ぶりの優勝は、日本国内における横浜の快挙だった。ワールドカップ開催は国際的な快挙である。横浜の住人であり、横浜をこよなく愛する者として、喜ばしい出来事だと思っている。

でも、輝かしい面ばかり見せるのが国際都市だとは思わない。歴史の裏の部分をも掘り起こし、直視し、その上で未来を考えてこそ、ほんとうの意味で国際都市になったと言えるのではないだろうか。見せたくないところはこそこそと隠し、うちはこんなに清く明るい街ですよ、と媚びてみせるようでは、逆に恥ずかしい。


ところでメリーさんだが、一九九六年の末に姿を消したきり、まだ横浜には戻ってきていない。故郷へ戻り、白内障の手術をしたという話もある。

でもわたしは時々想像する。ひょっとするとメリーさんは、戻ってきているのでは？　化粧をとった素顔で、すましてそのあたりを歩いているのではないだろうか。彼女はあの白い化粧と衣装で、戦後五十年間近く、「メリーさん」を演じきった人だったのかもしれない。だとすれば、いまその扮装をとき、手術でよく見えるようになった目で、またこの街をじっと眺めているのでは……と。

戦後五十五年を迎える横浜は、彼女の目に、どう映じているのだろう。

二十年目——新版のためのあとがき

本書は一九九九年に毎日新聞社から発行された。ロック（ザ・ゴールデン・カップス）、都市伝説（メリーさん）、戦後横浜秘話（根岸外国人墓地）という組み合わせが異色だったからか、思いがけず、若い世代の方から「読みました！」という声をたくさんいただいた。

私にとっては初めてのノンフィクション。個人的に大きな転機を迎えた時期だったこともあり、取材にのめりこんだ。それだけに二十年後の今年、亜紀書房から装いもあらたに復刊されたことは、ほんとうに嬉しいことである。

二十年は、私にとってあっという間だった。本書のおかげで、横浜における交流、行動の範囲がまたたくまに拡がり、私自身の好奇心、探究心もそれにつれて深まった。「横浜」との新鮮な出会いを重ねつつ歩んだ、幸せな年月だったと思う。

その間、この本に登場していただいた方々にも、それぞれ、大きな変化が訪れた。

まずはゴールデン・カップス。

二〇〇四年、「Ｓｈａｌｌ ｗｅ ダンス？」「ウォーターボーイズ」などのヒット作を世に出した映画制作会社アルタミラ・ピクチャーズによって、「ザ・ゴールデン・カップス ワンモアタイム」というドキュメンタリー映画が制作された。同時にゴールデン・カップスは再結成し、活発な音楽活動を再開。それぞれ個別の活動もあるが、ゴールデン・カップスとしてのライブはとりわけ人気が高く、開催されるたびにチケットは完売。二〇一四年に横浜高島屋で開催された「ヨコハマグラフィティ ザ・ゴールデン・カップスの時代展」も大盛況だった。

残念なことにヴォーカルのデイヴ平尾さんが二〇〇八年に亡くなった。一時期のメンバーだった柳ジョージさんも二〇一一年に亡くなっている。

そして、メリーさん。

メリーさんの身をいつも案じ、さりげない心配りをしていたシャンソン歌手の永登元次郎さんは、その後も彼女と文通を続けていた。メリーさんが故郷の実家にいることを知っていたので、元次郎さんはそこへ、彼女の好物や、時にはお金も送っていた。メリーさんからはその都度、ていねいなお礼の手紙が来た。

ところがある時から返事が来なくなった。心配でたまらない元次郎さんは、メリーさんを撮り続けてきたカメラマンの森日出夫さんと私に、メリーさんの故郷へ一緒に行ってくれないかと言ってきた。

元次郎さんはもうその時、癌を発症していた。一人で行かせるわけにはいかない。私たちは三人で中国地方の奥深いあたりにあるその家を訪ねた。電話番号は元次郎さんも知らなかったので、とにかく行ってみるしかない。

探し当てたその家は、大きくて立派な家だった。玄関に出てきた男性に、私たちは突然の訪問を詫び、メリーさん（もちろん本名の方を言った）と元次郎さんが長い付き合いの友人同士であること、手紙が来なくなったので心配のあまり訪ねてきたことを告げた。

「いまは体調を崩して入院していています」

と、その男性は言った。が、入院先は決して教えてくれなかった。メリーさんが横浜でどういう存在だったのか、薄々わかっていたのだろう。

中村高寛さんという若い監督が、メリーさんのドキュメンタリー映画を制作するために動き出したのは、その後だった。メリーさんの実像を検証するような内容ではなく、彼女となんらかの関わりを持った人、身近で見ていた人などにインタビューすることによって、戦後横浜を浮かび上がらせるという、なかなか優れた手法だった。私もインタビューを受ける側の一人として顔を出している。

この映画のもう一人の主役が永登元次郎さんである。ごく若い頃、彼は母親と喧嘩をして単身、東京へ出てきた。戦後の、まだ混沌とした横浜で、女装して夜の街に立ったり、ゲイバーで働いたりしながら歌手を目指した。せっかく貯めたお金を持ち逃げされるという悲惨な目にも遭った。それでも必死に働き続け、横浜の繁華街にシャンソニエを開業した。そこで歌い、

CDを出し、地元のまちおこしイベントにも積極的に参加した。

「喧嘩したままで何も親孝行しないうちに母は死んでしまった。なんだかメリーさんと母が重なるの。だから放っておけなくて」

と、元次郎さんはよく言っていた。

中村監督はこの映画を撮るにあたって、メリーさんが故郷の老人ホームにいることを突き止めていた。そこを元次郎さんが訪れるシーンが、映画のラストを飾る。

かなり癌が進行した状態で、元次郎さんは撮影隊とともにその旅に出た。道すがら自分の人生を振り返り、ぽつりぽつりと独り言のように話す。着いた老人ホームでステージ衣装に着替え、集まった入居者たちの前でシャンソンを歌った。渾身のライブだった。聴き入る入居者たちの最前列には、白塗りの過去を捨てた素顔のメリーさんがいた。

映画は二〇〇六年に公開された。残念ながら元次郎さんは二〇〇四年に亡くなっている。映画の大ヒットも知らず、開館を待って並ぶ人たちの長い行列も目撃しないまま……。私はそれが残念でならない。

メリーさんは、元次郎さんの後を追うかのように翌年亡くなった。享年八十四。彼女の人生はいまだにミステリアスだ。でもそれを暴くことに意味はない。世の中が平和で豊かになってからも、彼女は米軍接収時代と同じ姿で街に立ち続けた。本人が意図しなくても、その姿は、この街でなにがあったかを物語っていたのだ。

時は流れ続け、いまから四年前の二〇一五年、私にある出来事が起きた。終戦から七十年を迎えた年である。

旧知の地元紙記者から電話があった。終戦七十周年特集で戦後の混血児のことを取り上げたい、ついては関連する場所を一緒に回りませんか、という誘いだった。私がなにかするわけではないのだが、『天使はブルースを歌う』を書くために取材した際のことなど、参考のために聞けたら、というつもりだったのかもしれない。

喜んで承諾した。そして根岸外国人墓地、英連邦墓地、あの頃は訪れる機会がなかった聖母愛児園などを記者と一緒に歩いた。最後は根岸外国人墓地を管轄する横浜市役所だ。以前は衛生局だったが、いまは健康福祉局と部署名が変わっている。記者がそこへアポイントメントを入れ、日時を連絡してくれることになっていた。

が、その電話で予想外のことを告げられた。

「山崎さんは連れてこないでほしいと言われました」

しばし言葉が出なかった。いきなり、十八年前にタイムスリップしたかと思った。あの時も同じ言葉を聞いた。市役所にアポイントメントを入れた『天使はブルースを歌う』の担当編集者が、これとまったく同じ電話を掛けてきたのだ。

なにも変わってない。なんのために私は、あのノンフィクションを書いたのか。

失望でも卑下でも怒りでもない。ただ茫然として、頭の中が一瞬空っぽになった。

しばし後、ある人の言葉が甦った。

「山崎さん、続編を書かなきゃ駄目だよ」

そう言ったのはエディ藩さんだった。

『天使はブルースを歌う』が出てから数ヶ月後、ある集まりで顔を合わせた時だ。まさか長く交流が続くと思わなかったから、私は一期一会のあつかましさで、彼のことを書きたい放題に書いた。「泥が詰まったような太り方」だとか「声が出ていなかった」とか。

彼は当然、本を読んだだろうが、一言も文句を言わなかった。逆に内容を褒めてもくれなかった。感想なし。いかにも彼らしい。

けれども、ぽつりと言ったのだ。その言葉だけを。

ひと仕事終えたばかりの私は、「続編」など考えられなかった。が、再び行政から拒絶されたことで、その言葉が甦った。

あの時点で知り得なかったこと、出版のタイムリミットで中途半端なまま終止符を打ってしまったことがいくつもある。そのことを、私はいままで、忘れたふりをしてきたのではないだろうか。

それに気づき、ようやく、本書から二十年目に上梓したのが『女たちのアンダーグラウンド戦後横浜の光と闇』（亜紀書房）である。本書と同時に刊行される。併せてお読みいただけたら著者としては幸甚の至りである。

二〇一九年吉日

山﨑洋子

参考文献

赤塚行雄『港の見える丘物語　マダム篠田の家』第三文明社
稲葉真弓『エンドレス・ワルツ』河出書房新社
O・M・プール著『古き横浜の壊滅』金井円訳、有隣新書
黒沢進『日本の60年代ロックのすべて』ビート資料刊行会
菅原幸助『日本の華僑』朝日新聞社
鈴木いづみ『ハートに火をつけて！　だれが消す』「鈴木いづみコレクション1」文遊社
鈴木いづみ『いつだってティータイム』「鈴木いづみコレクション5」文遊社
鈴木いづみ『鈴木いづみ 1949―1986』文遊社
竹内博『横浜外人墓地――山手の丘に眠る人々』山桃舎
田村泰治『史論集　郷土横浜を拓く』私家版
野地秩嘉『キャンティ物語』幻冬舎
平岡正明『お兄さんと呼んでくれ』情報センター出版局
平岡正明『横浜的』青土社
平岡正明編『横浜B級譚』ビレッジセンター出版局
藤原晃『ヨコスカどぶ板物語』現代書館
柳ジョージ『ランナウェイ――敗者復活戦』集英社
『神奈川県警察史　上・中・下』神奈川県警察本部
『激流――かながわ昭和史の断面』神奈川新聞社
『現代風俗史年表』河出書房新社
『GS――グループ・サウンドのすべて』ペップ出版
『GS&POPS』洞下也寸志
『戦後を彩った女たち』双葉社
『日録20世紀』講談社
『浜ッ子』浜ッ子
『米軍基地――誰のためのものなのか』時事問題研究所
『毎日ムック――戦後50年』毎日新聞社
『ミュージック・ライフ』新興楽譜出版社
『横浜中華街物語』読売新聞社横浜支局著、アドア出版
『横浜・中区史』横浜中区政50周年記念事業実行委員会
※その他　戦後から現代までの雑誌　新聞のバックナンバー多数を参照しました。

山崎洋子　やまざき・ようこ

1947年、京都府宮津市生まれ。横浜市在住。コピーライター、児童読物作家、脚本家を経て小説家に。1986年『花園の迷宮』（講談社）で第32回江戸川乱歩賞を受賞。小説、エッセイ、ノンフィクション、舞台脚本、演出など多数。小説に『横濱 唐人お吉異聞』（講談社）、ノンフィクションに『横浜の時を旅する ホテルニューグランドの魔法』（春風社）、『誰にでも、言えなかったことがある』（清流出版）など多数。2010年ＮＨＫ地域放送文化賞受賞。

天使はブルースを歌う
——横浜アウトサイド・ストーリー

2019年5月30日　第1版第1刷発行

著　者　山崎洋子
発行者　株式会社亜紀書房
郵便番号 101-0051
東京都千代田区神田神保町1-32
電話 (03)5280-0261（代表）
(03)5280-0269（編集）
振替 00100-9-144037
http://www.akishobo.com
印刷・製本　株式会社トライ　http://www.try-sky.com
装　丁　國枝達也
カバー写真　大森裕之
組　版　コトモモ社

©2019 Yoko Yamazaki　Printed in Japan

乱丁本・落丁本はお取り替えいたします。
本書を無断で複写・転載することは、著作権法上の例外を除き禁じられています。

20年越しの続編、同時刊行！

女たちのアンダーグラウンド——戦後横浜の光と闇

山崎洋子

彼女たちは、どこへ消えたのか？

戦後、日本人女性と米兵の間に生まれた子どもたち、経済成長の陰で地を這うように生きた「女たち」はその後どんな運命をたどったのか。敗戦直後から現在の横浜、北海道、そしてタイを舞台に、声なき者たちのブルースに耳を澄ませる。華やかな横浜の裏の歴史を描き出すノンフィクション、20年の時を経てついに完結！

黄金町マリア——横浜黄金町 路上の娼婦たち

八木澤高明

日本殺人巡礼

八木澤高明

暗い時代の人々

森まゆみ

沖縄 オトナの社会見学 R18

仲村清司
藤井誠二
普久原朝充